2
茨木野
ill.すがはら竜
冷酷なる氷帝の、
妻でございます
～義妹に婚約者を押し付けられたけど、
意外と可愛い彼に溺愛され幸せに暮らしてる～

カリアン・L《ロス》・ケラヴノスチア
魔族国の国王。
一見すると柔和で優しげだが、
実は自分の欲望のためにはどんな
手段もいとわない腹黒男。
フェリアの持つ力を密かに狙う策士。
ヴァン・L《ロス》・ケラヴノスチア
カリアンにこき使われている、実弟。
兄には逆らえないが、
心優しい部分も持ち合わせている。
コッコロちゃん
フェリアが大好きな
神獣・フェンリル。

フェリア＝
フォン＝レイホワイト
義妹の代わりにレイホワイト家へ
嫁ぐことになった、クールな公爵令嬢。
自分も知らない秘めた力を持っている。
サバリス＝
フォン＝ルッケン
フェリアの通う、魔法学校に
在籍する天才肌の教授。
フェリアが自身の研究を手伝って
くれるようになってから、
密かに恋心を抱いていた。
ハイア＝
フォン＝ゲーター＝ニィガ
フェリアたちが住む国の第５王子。
フェリアの義妹の婚約者だが、
ハイア自身は幼い頃からフェリアを
想い続けている。
アルセイフ＝
フォン＝レイホワイト
冷酷なる氷帝として恐れられる、
レイホワイト家の当主。
美しいフェリアを溺愛している。

# CONTENTS

# 冷酷なる氷帝の、妻でございます

〜義妹に婚約者を押し付けられたけど、意外と可愛い彼に溺愛され幸せに暮らしてる〜

2

茨木野

ill.すがはら竜

# プロローグ

私の名前はフェリア。ゲータ・ニィガ王国の貴族、カーライル家の長女としてこの世に生まれる。

天より加護を授かる世界で、私は何の加護も持たない落ちこぼれとして周りから虐《しいた》げられていた。

ある日私は妹の代わりに、冷酷なる氷帝《ひょうてい》という異名を持つ騎士爵の殿方と結ばれることになる。

そのアルセイフ＝フォン＝レイホワイトの妻となるべく、相手の屋敷に引っ越した私を出迎えたのは、彼の温かいご両親、そしてかつてのペット・コッコロちゃん。

色々あったものの私はアルセイフ様との絆《きずな》を深めていく。

その過程で、実は私は精霊王という凄《すご》い存在の生まれ変わりなのではないか、という疑惑が持ち上がる。

その力を用いて、ヒドラ退治に向かったアルセイフ様を助け出すことに成功。

私たちはさらに仲を深めたのだった……。

◆

ヒドラ事件があってからしばらく経《た》ったある日、私とアルセイフ様は、旅行に出かけていた。

ゲータ・ニィガ王国南西にある、ウォズという海辺の町へと向かう馬車に、私たちは乗っている。

隣に座っているのは、青みがかかった銀髪の、とても美しい青年、アルセイフ＝フォン＝レイホワイト。

鋭い眼光に、整った顔つき。王国騎士団【赤の剣】の副団長の座に、若くして就《つ》いたことから隠れファンも多いという。

確かに黙っていれば美形だし、遠目から見れば惚《ほ》れてしまう女性たちの気持ちもわからないでもない。ただ……この人の場合は、内面に少々、問題があると言わざるを得ないのだ。

「む？　なんだ、馬車が止まったな」

コンコン……。

「なんだ？」

「失礼しま……ひぃ！」

御者《ぎょしゃ》の方がアルセイフ様を見るなり、怯《おび》えてしまった。

「なぜ馬車を止めた？　俺は早く海に行きたいのだが？」

「ももも、申し訳ございませんぅううう！　なので命だけはどうかぁ……！」

はぁ……まただ。

アルセイフ様はその怖い見た目と、きつい性格から、冷酷なる氷帝などと呼ばれている。

その呼び名は国中に、そして国外にも広まっている。氷帝は恐ろしい人物で、キレたら人を殺すのも辞さない……という尾ひれまでついて。

「謝らなくていい。俺は早く海に行きたいのだ。さっさと馬車を出せ」

「すみませんすみません！」

「すみませんではなくてだな……あいたっ」

私は彼の頭を、ぺちんと強めに叩く。その様を見て「な、なんてことをぉ！　命知らずなぁ！」

……とは実際に言ってないけども、御者の方が私にそんな目を向けてきた。

私は呆《あき》れたように溜め息をついて言う。

「この方が困ってるでしょう？　そんな怖い顔で詰め寄ってはいけません」

すると……冷酷なる氷帝は……。

「そうだな。すまなかった」

と、あっさりと自分の非を認めたのである。やれやれだ。

「別に急ぐ必要はないでしょうに」

「いや！　ある！　俺は早くフェリの水着を見たいのだ！」

……はぁ。まったく、この人は……。顔と噂のせいで、恐ろしがる方が多いけど、実際のところこの彼は、悪い人ではない。ただちょっと阿呆なのだ。

躾《しつけ》のなってない駄犬。それが、私の彼に対する第一印象である。まあ、今はそんな駄犬な彼も嫌いではないが。

「馬鹿みたいな理由で、人様を威嚇《いかく》してはいけません。そんな態度を取るなら嫌いになります」

私がそう言うと、御者の方が「なんてこと（以下略）」みたいなことをもちろん言わなかったものの、血の気《け》の引いた顔をしていた。

「す、すまないフェリぃ！」

彼も御者の方と同様に、怯えたよう表情になると、私に対して何度も頭を下げる。

「俺を嫌いにならないでくれ！　俺は……おまえがいないとダメなんだ！」

……冷酷なる氷帝が、こんなふうにうろたえてるところなんて、今まで誰も見たことがないだろう。現に御者の方が、珍獣を目撃したようにぽかんとした表情になってる。

「じゃあ何をするべきかわかってますね。はい、謝りましょうね」

「……すまなかったな」

彼が頭を下げる。私も、彼の伴侶《はんりょ》となる女として、一緒に頭を下げる。

「仕事の邪魔をして、大変申し訳ありませんでした」

「い、いえいえ！　そんな、奥方様が謝る必要はございません！」

「そうだ！　フェリは悪くない！　悪いのは……」

アルセイフ様は御者を見て尋《たず》ねる。

「なぜ馬車を止めたのだ？」

「巨大なタコが道を塞《ふさ》いでおりまして……それで立ち往生《おうじょう》しております」

巨大な、タコ？　私は窓から顔を出す。少し行った先に川があり、橋がかかっている。その橋の上に巨大タコが居座って通せんぼしていた。

「なんでしょう、魔物ですかね」

「どうでもいい。フェリ、ここで待っててくれ」

アルセイフ様はにこやか……とは遠く離れた笑みを浮かべる。それは、獰猛《どうもう》な獣のような笑みだった。

「フェリと過ごす甘い時間を邪魔する愚者を、滅してくる」

彼が馬車から降りる。彼が歩むと地面が凍りつく。体から発する青い光は、彼に宿った特別な力の発露《はつろ》。恐らく本気で激高してるからか、力の制御が効かないようだ。やがて、彼はタコの前まで行くと……。

「散れ」

ただ一言そう言うだけで、巨大だこは一瞬で凍りつく。これが彼の持つ、氷の力。敵を一瞬で凍りつかせ、そして腰の剣で粉々に砕く。

「す、凄い……あの巨大な魔物を一撃で倒してしまうなんて……さすが、王国最強の騎士……」

呆然と呟《つぶや》く御者。確かに彼は強い。王国にこんな強い騎士がいれば、国民たちは誰もが安心できるだろう。まあ、ただ……。

「フェリ！　どうだ見ててくれたか!?」

彼は私のもとへバビュン！　と走りながら飛び込んできた。私は彼に、犬のしっぽを幻視する。

駄犬……。

「ええ、凄かったですよ」

「そうかそうか！　最高だったか！」

そこまで言ってないが、まあいい。彼は本当に嬉しそうに笑っていた。

「……うっ」

「どうした？」

彼の顔が一瞬だけ、まともに見られなかった。最近この謎の現象が多発するのである。

「胸が少し痛くて……頬も熱くて……」

すると彼の顔から血の気が引き、次の瞬間には大声で叫んでいた。

「うぉおおおおおおお！　医者ぁあ！　医者を呼べぇええええ！」

……はあ。まったく、この駄犬は。ついさっきまで、ちょっとかっこいいなって思っていたけど、駄目だ。やっぱりこの人は、躾の行き届いてないダメダメな犬である。

私がしっかり手綱《たづな》を握って、躾《しつ》けてあげないと、駄目ね。まったくもう。

# 一章

アルセイフ様との旅行から数日後。

私はレイホワイト邸の庭の隅にある、祠《ほこら》へとやってきていた。

そこには真っ白で、いつも笑ってるかのような表情をした、もふもふのわんちゃんが座っている。

『フェリ〜〜〜〜〜〜〜〜〜〜〜〜〜〜〜〜〜〜！　さみしかったよぅおぅう』

わんちゃんは私にしなだれかかって、顔をべろべろと無遠慮に舐《な》めてくる。

この子はコッコロちゃん。一応、神獣・氷魔狼《フエンリル》……なのだが。威厳はゼロ。ぶくぶくと太りきった体、だらしなく出た舌からは、神聖さのかけらも感じられないのだ。

この神獣になぜ私が懐《なつ》かれているかというと、この子が幼い頃、死にかけていたところを助け、一緒に暮らしていたことがあるからだ。

『フェリに数日会えなかっただけで、心臓は停止し、呼吸困難に陥《おちい》り、頭痛、貧血、その他もろもろを引き起こして、大変だったんだからぁ！』

「はいはい、ごめんなさいね」

この神獣、私に構ってほしいと平然と嘘をつくのだ。さっき言った「心臓は――」以下略の症状、『かと思ったよ』という、まあ比喩《ひゆ》表現である。私の気を引きたいのだろう。お可愛い犬だこと。

「寂《さび》しい思いをさせてごめんなさい。お詫びのお土産《みやげ》です」

私は旅行先で買ってきた、トロピカルな花で作られたリースを、コッコロちゃんの首に掛けてあげる。また、旅先で買ったサングラスという新商品を、コッコロちゃんに装着。さらに加えて私が被《かぶ》っていたつばの広い帽子を被せた。

あらびっくり、南国の犬に早変わりである。ビジュアルが神獣から遠ざかり、ただの面白犬になってて、思わず笑ってしまいそうになる。

『どうかな、フェリ？　似合ってるぅ？』

「ええ、そりゃあ、もう……」

だ、だめ。笑ってはいけないわ。淑女《しゅくじょ》たるもの、人前でそんな爆笑しては……く……。

ややあって、その場に座っている私の膝上《ひざうえ》に、コッコロちゃんが顎《あご》を乗せている。

私はコッコロちゃんの背中を撫でながら、土産話を聞かせる。

『それで、海はどうだったんだい？』

「とても綺麗でしたよ。コッコロちゃんにも見せてあげたかったです」

コッコロちゃんは昔やんちゃして、ここレイホワイト邸に封印されてしまった。この屋敷の敷地からは一歩も出れないのである。

『海なんてどうでもいいよ！　ボクが見たかったのは、フェリの水着姿だよ！』

「……水着姿」

『うん！　フェリは女神のように美しいんだ。そのフェリが、水着を着て、素肌をさらす！　その美しい裸身を見た人はみな気絶し、世界から悪人という悪人は消え去るだろう！　それほどまでの美の権化《ごんげ》……って、どうしたの？』

ちょっと嫌なことを思い出して、私は黙ってしまった。

『フェリ？』

「あ、いえ……水着は、その、着なかったんです」

『えー！　なんで？』

「さぁ……」

『いや、さぁってなにさ……？』

「私もわからないんですよ」

私は海であったことを振り返る。無事宿に到着した私たち。さっそくビーチへ行こうとうるさいコッコロちゃん2号（※アルセイフ様）にせっつかれて、ビーチに出る準備をしていた。

日焼けを防ぐポーションを塗り、水着に着替え、そして彼の待つビーチへ向かおうとして……。

「だめだったんです。外に出れなくて」

『嵐でも来たのかい？』

「いえ……。ただなんだか、外に出れなくなって。原因はわからないんですけど、顔が熱くなって、その場にしゃがみ込んでしまって……」

結局、海に行ったのに、泳げなかったのだ。

するとコッコロちゃんが『ふーーーーーーーーーん』と、なんだか不機嫌そうに言う。

私はコッコロちゃんのサングラスを取る。相変わらずコッコロちゃんは、だらしのない笑みを浮かべていたが、しかし声はとても不機嫌そうだ。

その証拠に、コッコロちゃんはサングラスを私から奪い返して装着し、立ち上がると、私から離れる。

定位置に戻って、こちらにお尻を向け、座り込む。

『フェリ……ボクは悲しいよ』

「どうして？」

『ああ、フェリ……ボクのフェリ……あんな犬がいいなんて……』

犬？

何を拗《す》ねてるのだろうか、この子？　私が他の犬に目移りしてるとか思ってるのだろうか。なんで急にそんなことを……？

「他の犬に目移りなんてしてないですよ。私の愛犬はコッコロちゃんだけです」

本心からそう言った。私にとってコッコロちゃんは大事なペットである（※神獣）。

いつもならこう言うと、ころっと機嫌を直すのだが……。

『愛犬と書いて、ペットと読むんでしょ！　わーん！　フェリのばかばかばか～！』

……なんだか知らないけど、どうやら私はコッコロちゃんの機嫌をかなり損《そこ》ねてしまったらしい。

結局その後いくら話しかけても、まともに返事もしてはくれなかった。

どうしてしまったんだろうか、急に？　ちょっと心配だ。

でもその日の夕食の時には『飯うめー！』とばくばくといつものドッグフードをたくさん食べていたので、病気ではないだろうとは思う。

「コッコロちゃん、食べすぎるとまた太るわよ」

『うるさーい！　やけ食いだあ～～～～～～～！』

やけ食いって何かしら……？　いつもと食べる量変わってないけども……。

●アルセイフside

フェリアがコッコロちゃんと夕飯を食べている、一方その頃。

アルセイフはゲータ・ニィガ王国、王城にある騎士団【赤の剣】の詰め所にいた。

彼は書類に目を通しながら、はぁ……とうっとりした表情を浮かべる。

「副団長、どうしたんですか？　そんな幸せそうな顔をして」

「ハーレイか。よくぞ聞いてくれたな！」

アルセイフの腹心《ふくしん》、ハーレイ。彼は気が利《き》くモテ男であり、鬼の副団長を前にしても、いつも通り振る舞える数少ない人間である。

「フェリとこないだ、海へ行ってきたのだ」

「こないだの有給休暇の時ですか。あれ？　お土産は？」

お土産……と呟いた後、はてと首を傾《かし》げる。

「なぜ土産を買ってこないといけない」

「そりゃみんなが仕事をしてる間に、休んだんですから。お詫び的な？」

「くだらん。有給休暇は労働者に与えられた正当な権利だ。それを行使することに、なぜ申し訳なさを覚えなければならない？」

「そういうとこですよ、モテないの」

「やかましいわ」

「奥さんに何か包みとか持たされてないですか？」

そう言われて、アルセイフは今朝フェリアに何かの紙袋を持たされたことを思い出す。

カバンの中からその紙袋を取り出し、ハーレイに渡した。

ハーレイは紙袋を開けると、チョコレート菓子のお土産が入っていたのである。

「ほらぁ、奥様はちゃあんとわかってらっしゃるなぁ」

「ふふん、だろう？　フェリは最高の妻なのだ。ところで何をわかってるんだ？」

「はいはい。みんなー、ちょっと休憩～。副団長の奥様からお土産のチョコがあるぞぅ」

団員たちは仕事をいったん中断し、アルセイフの周りに集まる。

かつて、アルセイフの近くにはハーレイ以外誰も寄りつかなかった。みな、冷酷なる氷帝が恐ろしくて、近づけなかったのである。しかし、フェリアの存在が、そんな周りの彼を見る目を変えたのである。

部下たちにとって、アルセイフは恐ろしい上司から、奥さん（予定）を溺愛《できあい》する面白い男へと、変わったのだ。

前まではお茶を飲みながら、部下と雑談する（コミュニケーションをとる）ことなんてできなかった。

「それで副団長はどこ行ってきたんです？」

「ウォズだ。そこでフェリと甘いひと時を過ごしてきたフフフ……」

デレデレとだらしのない表情を浮かべて、いかに旅行が楽しかったのか、いかにフェリアと過ごした時間が尊いものだったかを語る。

その姿を見て、部下たちはほっこりしていた（※アルセイフの方が年下）。

そこでふと、ハーレイが口を挟む。

「あれ？　奥様と海に入らなかったのですか？」

海辺を散歩したとか、南国の珍しいフルーツを食べたなど、土産話の中に、しかし海で泳いだという エピソードがなかったことを、ハーレイは不思議に思ったようだ。

「ああ」

「どうして？」

「わからん」

「いやわからんって……」

「いざ海に入ろうという段になって、フェリが部屋から出てこなくなってしまってな。病気かと思って心配したのだが、違うというし。しかし顔は赤く、なんだかもじもじしていたな。どうしたんだろうか……」

ははあん、と部下たちが何かに気づいたような顔をしていた。ハーレイもまたにんまりと笑っている。

「なんだ貴様ら？」

「「お可愛いことで～」」

「なんなんだ……？　貴様らまさか、わかったのか？　フェリがどうして海に入ろうとしなかったのか？」

「「ええまあ」」

アルセイフからしたら面白くない。自分が一生懸命考えてもわからなかった、妻の変調について、他人が理解するだと？

「奥様可愛い～♡」「クールビューティかと思ってたから意外だ」「ふくだんちょーずりぃよ。あんな良妻賢母タイプ手に入れてさぁ」

部下たちは訳知り顔で言い募《つの》る。ちょっとむかついたが、まあフェリアを褒《ほ》めているようなので、無礼な態度を許してやることにした（寛容な心）。

「ラブラブですね、お二人とも」

「ハーレイ貴様、嫌味か？」

「いえいえ。心から、そう思っております」

ハーレイは微苦笑を浮かべながらそう言った。確かに馬鹿にしてるニュアンスは感じられなかったのだった。

●フェリアSide

アルセイフ様が仕事へ出かけている間、私はレイホワイト邸で、家事を手伝っている。この家は貴族の家柄であっても、主従の間に境目がない。

今日は私、私の侍女《じじょ》ニコ、そしてアルセイフ様の母上、ニーナ様の三人で、お洗濯物を干していた。ニコは実家にいる時から、私の身の回りの世話をしてくれてる、仲のいい侍女である。歳も近い（私より年下だけども）ので、本当の妹のように接してくる。

「今日もいい天気ねぇ～」

　とニーナ様が言うと、

「そうですね！　シーツがすぐ乾きそうです！」

　とニコが答える。ニコもここそこに来てそこそこの時間が経つためか、この屋敷にすっかり馴染《なじ》んでいる様子だった。

「お洗濯物干し終えたら、お茶にでもしましょうかしら～？」

「おほー！　賛成です！　ね、ね、フェリ様！　お茶しましょう！」

　ちょうど喉《のど》が渇《かわ》いていたところだったので、私もお相伴《しょうばん》に与《あずか》ることにした。

　ややあって。

「ねーえ、フェリちゃん。孫はいつ生まれるのかしら～？」

　ぶー！　とニコがお茶を吹き出す。

「えー！　フェリ様ご懐妊してたんですかっ？」

「してないわ」

「してないんですかー！　よかったぁ～」

　どうにもニコはアルセイフ様のことが嫌いらしい。まだ大勢の人たちと同様、冷酷なる氷帝は危険な人物だと思っているみたいだ。まあ仕方ないわ。あの人悪い人じゃあないけど、他人に対する態度は依然《いぜん》として直っていないわけだし。

「フェリちゃんとアルちゃんの子供、早く見ーたーいー」

「うー、確かにフェリ様のお子を、ニコは育てたい気持ちはありますけど〜」

二人ともどうやら、私に早く子供を作ってほしいと思ってるようだ（ニコは微妙だけど）。

「気が早いですよ、ニーナ様。まだアルセイフ様とはまだ正式に結婚したわけではないですし」

あくまでも、まだ私たちは婚約状態なのだ。

アルセイフ様は早く結婚したくてしょうがないと毎日のようにこぼしている。けど貴族の結婚は、そんな今日明日できるものではないのだ。式場の準備やらなんやらで、結婚式を挙げるまでに、かなり時間を要するのである。

「あらフェリちゃん知らないの？　今ね、授かり婚って流行《はや》ってるんだって」

「授かり婚……？」

聞いたことない単語だった。

「普通はほら、結婚してから子供作るでしょう？　でも今は、結婚前から子供できちゃうってパターンがあるらしいのよぅ」

「あ！　それニコも聞いたことありますよー！　できちゃった婚とも言われますよねー！」

ニーナ様は元平民ということもあり、喋《しゃべ》り方も砕けているし、世に出回る噂話もよく知ってるのだ。

……それにしても、いやいや。

「同衾《どうきん》するのはやはり、結婚してからでしょう?」

世間がどうであろうと、私はその……殿方と肌を重ねるのは、結婚という確かな関係を築いてからだと思っている。そういう行為は、子供を作るための儀式なのだから。

「ふふふ、考えが古いわよ、フェリちゃん！　えっちはね、子供を作るための儀式というだけじゃあないの！　立派なコミュニケーションの手段！　スポーツ感覚で楽しむもの！」

……え、えっちって。なんとハシタナイ言葉を。こほん。

「ニーナ様、淑女たるもの、もう少しふさわしい発言を心掛けてはいかがでしょう?」

「あらやだもぉ！　ごめんなさいね！　ただねえ、フェリちゃん。あんまりね、そういう営みを、特別視しすぎちゃあだめよ?」

一転して、ニーナ様が真面目《まじめ》な顔になる。

「男女が同衾することはね、その人に体を許す、その人のことを愛してる証明にもなるものだから。それをしなかったり、ましてや拒《こば》んだりすることは、殿方を傷つけることにもなり得るのよ」

……そういうものなのだろうか。私は貴族出身だから、夫婦の営みとは世継ぎを作るためだけの行為だって思ってる。……でもそれが全てではないらしい。

ニーナ様に育てられたアルセイフ様は、どう捉《とら》えてるんだろうか。

私とその……閨《ねや》を共にしたいと思ってるんだろうか。

どうなんだろう。でも、聞くのは……恥ずかしいな。

「うっふっふ～♡　フェリちゃんが愛《いと》しの彼のことを考えてる～」

「うぅうううう！　ニコは悲しいですぅうううう！」

え、どうして私が、アルセイフ様のことを考えてるってわかったのだろうか。

ニーナ様はにこにこと笑いながら言う。

「フェリちゃんって、クールな子かと思ったけど、思ったよりも感情豊かなのよね～♡　ほーんと、アルちゃんにぴったりのお嫁さんが来てくれて、あたしは嬉しいわ～♡」

時折、義母《ニーナさま》との価値観の違いに戸惑《とまど》うことがある。これが嫁姑《よめしゅうとめ》問題というやつなのだろうか
……？

「あ、そうだ。ニコ、馬車の準備はしてくれてる？」

「ほえ？　馬車……？　あー！　ししし、しまったぁ！」

どうやら忘れていた様子。はぁ、もう。

「すぐお願いね」

「あいあいさーです、フェリ様！」

ニコは立ち上がって、お茶菓子のクッキーを口の中にいっぱい放り込んだ後、私たちの前から立ち去っていった。

残されたニーナ様が、はてと首を傾げて尋ねてくる。

「あらフェリちゃん、おでかけ？」

「はい。王都にある国立魔法学校へ」

「フェリちゃんが通ってる学校だっけ？」

「はい。そこのサバリス教授に用事があるんです」

私はアルセイフ様との婚約が決まってから、一度通っていた学校を退学してる（今はアルセイフ様のおかげで復学が叶《かな》っている）。

学校を辞《や》める前まで、お世話になっていたのが、サバリス教授だ。

「ま、夫が外で仕事してる間に、よそで男と密会～？　もぉ、フェリちゃんったらだいたーん！」

まあ、冗談で言ってるとわかってるので、私はスルーする。

「ノリが悪いぞっ。で、何しに行くの？」

「精霊王の力の、コントロール方法について、教えてもらおうかと」

精霊王。この世に存在する、精霊たちの王。

しかし精霊王に関してわかっていることは少ない。今なお謎に包まれてる存在なのだ。

そしてどういうわけか、その精霊王の力が、私のこの体に宿っているらしい。

それのおかげで、ヒドラに殺されそうになったアルセイフ様を助けることができた。

でも、力をコントロールできたのはあの時だけだった。

それ以降、いくら自発的に力を使おうとしてもうまくいかないのである。

そこで、サバリス教授にこの力をコントロールする術《すべ》を教えてもらおうということになったのだ。

「その力を自在に使えるようになる必要ってあるの？」

「ええ。いつ暴走するかわかりませんし。それに私は貴族の女。国のために、持てる力を役立てたいのです」

大きな力を持つ者は、それを世のため人のため、国のために使うのは当然の義務である。特権階級だからといって、胡坐《あぐら》をかいていていいわけじゃあない。

「フェリちゃんは真面目でいい子ねえ。ほーんと、フェリちゃんがお嫁さんに来てくれて、あたしは嬉しいわー！」

ばしばし、とニーナ様が私の背中を叩く。私はニーナ様のことを好ましく思ってる。私がここへ来た当初、落ちこぼれの令嬢と呼ばれていた私のことを差別せず、温かく迎えてくれた。その後、私だけでなく、大切な侍女であるニコのことも、家族として受け入れてくれたからだ。

そのニーナ様にこんなふうに喜んでもらえて、私は嬉しかった。

「準備できましたー！　いつでも行けますぞー、フェリ様ー！」

ニコが馬車の準備を終えて戻ってきた。私は立ち上がり、ニーナ様に一礼する。

「それでは、いってまいります」

「はいはい、いってらっしゃーい！」

いってきます、いってらっしゃい……か。私にとってここは、もう帰る家になったんだな。元の家では、酷《ひど》い扱いを受けていた。そもそも人間と思われていない節《ふし》すらあった。ニコ以外から、優しくされたことなんてなかった。あそこが家だと、どうしても思えなかった。

でも、嫁《とつ》いでやっと、私は居場所を手に入れたのだ。そう思って、少し、感動で泣きそうになったのは秘密である。

◆

私は学校へ行き、サバリス教授の研究室へと足を運んでいた。

「話は聞いたよ。なるほど……聖なる力か……」

ヒドラとの戦いの時に私が見せた現象を、改めて教授に説明した。

アルセイフ様のもとへと一瞬で転移し、彼の怪我を治癒《ちゆ》し、ヒドラを倒すほどの力を付与した……。

その正体を探るべく、王国の研究機関でもあるここに来ているのである。

「見せてもらえないかね？」

「それが……発動しないんですよね」

あの時は自在に操れた力。

でも今は意のままに発動させられない。

「ふむ……何か条件があるのかもしれないね」

「条件……確かに、そうですね……」

屋敷に戻ってきてから今日まで、試しに使ってみようと思った時はあった。

でもできなかった。

やはり、あの時が例外だったんだ。

「当時を思い返してごらん？　何か特別なことはなかったかね？」

「そう……ですね」

特別なことといえば、アルセイフ様が窮地《きゅうち》に立たされていたくらいだろうか。

あの時、私は彼を失いたくない一心で、力を使った。

「あの人を助けたいって、強く願った……くらいですかね」

「なるほど……強い思い。それがトリガーなのかもしれない。誰かを守りたいという、強い愛の力」

「愛……」

かぁ……と顔が熱くなるのを感じる。

なんだろう、むず痒《がゆ》い……。

「はは、あくまでも根拠のない、ただの妄想の域だけどね。でも、愛の力で強さを得られるなんて、素敵じゃないか」

教授が楽しそうに笑う。

「……なんだか、からかってます？」

「うん、からかってます」

「もうっ」

すまない、と教授が頭を下げる。

「でも君は変わったね、カーライル君……ああ、今はレイホワイト君か」

カーライルは旧姓だ。

「それ、別の人にも言われました。変わったと」

「だろうね。昔の君は、どこか冷めていた。でも今は生き生きしてるよ」

そんなドライな性格だったろうか、いや……でもそうかもしれない。

日々を淡々と過ごしていただけだった。激しい喜びも悲しみもない日常。

でも……今は違う。

毎日アルセイフ様と顔を合わせる。それだけで心が満たされる。

「愛は人を変える。あの冷酷なる氷帝が変わったように、君もまた彼からの愛を受けて変わったのだよ」

「愛……ありますかね」

「相思相愛だよ。もう早く結婚した方がいい。君を狙う男は多いし……これからもっと増えることだろう」

「この力を欲《ほっ》して……ですか？」

先ほどまでの朗《ほが》らかな雰囲気から一変、教授が重々しく頷《うなず》く。

「ヒドラを倒したことで、君は目立ちすぎた」

「倒したのは彼なんですが」

「さしもの氷帝でも、単独でヒドラを倒すことはできない。あれは災害と一緒だ。何十人、何百人といった犠牲を出した末に、ようやく退《しりぞ》けることができるくらいの強敵。それを一人で撃破してみせたのだ。どれだけ途方もないことなのかは、言うまでもないだろう？」

「……そう説明されると、物凄い偉業を成し遂《と》げたような気がしますね」

「大偉業だよ。近く陛下から勲章が授与されるんじゃないか？　君にか氷帝にかはわからないけど……まあ彼にだろうね」

私に渡すと、より目立ってしまい、力を欲しての争いに発展するから……だろう。

「でも、彼に勲章が与えられたら……」

「彼に注目が集まることになるだろう。まあもとより冷酷なる氷帝は有名人だ。そのレベルが数段上がるだけ」

「…………」

彼に迷惑をかけてしまわないだろうか。

あの人、あんまり周りからうるさくされたり、人の目が煩《わずら》わしかったりするのが、嫌いなのに……。

「カーライル君」

教授が近づいてきて、ぽんと肩を叩く。

「憂《うれ》う君の顔は素敵だが、しかしそんな暗い顔をしていたら、彼はどう思うだろう？」

……そうだ。アルセイフ様を心配させてしまう。

「最近の君は笑顔が増えてきた。だからこれからも、もっと笑顔でいた方がいい」

「……はい。ありがとうございます」

ふむ、とサバリス教授が少し考えて、こんなことを言ってきた。

「よければ、この力のことを私の友人に話してもいいかな？」

「ええ。いいですけど。友人……？」

「私よりも神秘の術について、詳しい友人が国外にいるんだ。君さえよければ、その彼に精霊王の力のことを話してみてもいいかい？　コントロールする手掛かりが摑めるかもしれないよ」

この力のことについて、何かわかるならば、是非もなかった。

「お願いします」

「わかった。では友人にフクロウ便を送ってみるよ。少し離れたところに住んでいるから、返事は遅くなるだろうけれど」

「ありがとうございます。教授」

こうして、私は教授のご友人様に、助力を願うことにしたのだった。

それにしても、外国の方か。どんな人なんだろう？

◆

サバリス教授の研究室を後にした私は、学校を出ようとしてある予感を覚えた。

校門の前に彼がいるな、と。

そして案の定、校門の前に彼がいて、ぎろりとこちらを睨《にら》みながら立っていた。

面白いのは、それでも学校の敷地内には入っていないところである。

私の言いつけ（※躾）をしっかり守ってるようだ。ふふふ。

「アルセイフ様」

ぱぁ！　と彼が笑顔になる。校門の内側にいる私に向かって走りだそうとして、立ち止まる。

ふふふ。いい子だ。

「フェリ！」

「どうしたんですか？」

「屋敷に戻ったら、おまえがここにいると聞いてな。迎えに来たぞ」

「わざわざ迎えに来なくてもいいのに」

「おまえがあの男性教授に無理やりどこかに連れてかれてしまうかもしれなかったからな」

何を馬鹿なことを言ってるのだろうか……まったく、しょうもない人だ。

「成人向けロマンス小説の読みすぎですよ」

「読んだことないな」

「じゃあ妄想のしすぎです。まったく……」

すると彼が顔を真っ赤にして、目を逸《そ》らしてしまった。

「どうしたのです？」

「フェリの笑顔が眩《まぶ》しすぎてな……目が潰《つぶ》れるところだった」

え？　笑顔？　……私、笑ってた？

いや、どうして……？　嬉しいことなんてあったかな？

「フェリ。やはり危険だ。お前を屋敷から出したくない！」

「ちょ！　何してるんですか!?」

急に彼が抱きついてきたかと思うと、そんなことを大声で叫んだのだ！

私はいつもよりも強い力で、どんっ、と突き飛ばしてしまう。

はっ、つ、強くしすぎた。

「ご、ごめんなさい」

「？　どうした急に謝って」

あれほどの力で突き飛ばしてもしかし、彼は首を傾げるだけでその場から動いてはいなかった。

そうよね、騎士様だもの。私の細腕で押されても、微動だにしないわね。

「いえ……別に。というか、あなたこそ急に抱きついてきて何がしたいんです？」

「だってフェリは世界一美しいからな。男のいる場所に、一人で向かわせたら、そいつはきっとフェリの美しさに目が眩《くら》んで犯罪を犯すに決まってるからな！」

「またバカなことを……」

「馬鹿ではない。フェリはもう少し、自分の美しさを自覚した方がいい！」

う、美しさって……も、もうっ。

「ば、ばかっ。美しくなんて、ないでしょ」

「いいや美しい！　綺麗だ！　この世のどんな宝石もフェリには敵《かな》わない！」

や、やだ……もう。何言ってるんだろうか、この人……。

馬鹿じゃあないのっ。

「って、は！」

私はようやく気づいた。周りの学生たちが立ち止まり、私たちをじろじろと見つめていたからだ。

「氷の令嬢が笑ってる？」「氷帝と氷の令嬢だ」「お似合いよねぇ」「美男美女だものね」

ううう……なんだろう。とてつもなく恥ずかしくなってきた！

「か、帰りますよ！」

「ああ。そうだな。む？　怒ってるのか？」

「別にっ」

「怒ってるではないか。どうしたんだ？　俺はきちんと言いつけを守って、学校内には立ち入らなかったぞ？　むしろ褒めてほしいところなのだが」

「もう知りません！」

ずんずんと歩きながら、私はニコの待つ馬車乗り場へと向かう。

……あれ？　どうして私、こんなに怒ってるのだろう。

なんだか、最近自分が自分でないみたいになる、時がある。

感情がコントロールできないというか……。

一体どうしちゃったのかしら、私は。

◆

それからしばらく経ったある日。私は王都を囲う外壁の外側に立っていた。

「フェリ様～。こんなとこで何してるんですぅ？」

「人を待ってるのよ、ニコ。説明したでしょう？」

「話半分で聞いてました！　てへへ」

やれやれ、困った従者だ。私はもう一度彼女に説明する。

「サバリス教授のご友人様が、本日こちらに見えられるの」

「あー、こないだ言ってた、外国にいる友人って人です？」

「ええ。サバリス教授の手紙を読み、わざわざ、魔族国ケラヴノスチアから、こちらに来てくださるのです。だから、こうして出迎えようとここに来たのよ」

なるほどー……というニコ。さっきもそう言ったのだけれどもね。

「まぞくこく、ってなんです？」

ニコは学校教育を受けていないから、知らなくて当然ね。

私は彼女に説明する。

「魔族たちの暮らす、北方の国。ゲータ・ニィガから馬車で一〇日もかかる位置にあるわ」

「まぞく……って、確か悪い人たちですよね？」

ああ、まだそういう意識が残ってるのね。

「それは大昔のことよ。確かに、人類はかつて魔族と敵対していた。彼らの王である魔王と、人間の代表である勇者は存在し、血で血を洗う争いを繰り広げていたことはあるわ。でもそれは、遠い昔の出来事。今は二族間で和平条約が結ばれて、それ以降人間と魔族との間で争いは起きていないの」

とはいっても、禍根《かこん》が消えたわけではない。ニコのように、〝魔族＝悪〟という意識は根強く残っている。それは人間の方だけでなく、魔族側にも人間に対してあまりいい感情を抱いていない者が多いと聞く。

それゆえに、和平条約を結んだはいいが、二種族間の交流はあまり盛んではない……と本に書いてあった。

「フェリ様物知りですな！」

「あなたはもうちょっとお勉強を……」

「それにしても馬車遅くないですかー？　約束の時間から一時間も過ぎてません？」

……話を逸らされてしまった。まあいい。確かにニコの言う通り、馬車の到着予定時刻から、かなり時間が経過してるというのに、それらしき影は見えなかった。

「来る日を間違えてしまったかしら……？」

「ん？　あれ！　フェリ様、あれ見てください！」

その時、ニコが遠くを指さして、声を張り上げた。

彼女が指さす先には草原が広がってる。王都へ続くメイン街道を、一台の馬車が駆けていた。

その上空に、無数の黒い点が浮かんでいる。いや、あれは……！

「わ、飛竜《ワイバーン》……！」

小型で、しかし獰猛な空飛ぶ竜が群れを成して、こちらにやってきたのだ。

どうやらあの馬車はワイバーンから逃げているようだ。

「た、大変じゃあないですか！　ワイバーン、こっち来ちゃいますよぉ！」

あんなに大量のワイバーンの群れが王都を襲えば、大変なことになる。

でもこの王都には王国騎士団……アルセイフ様たちがいてくださる。

「大丈夫、皆さんが……助けて……」

その時、脳裏にヒドラを相手に死闘を繰り広げていたアルセイフ様の姿がよぎる。

彼は強い。でも……あの数のワイバーンを相手にして、果たして無事で……。

「いや……」

「フェリ様？」

「いやっ！　いやだ！」

自分でも驚くくらいの大きな声が出た。私は気づけば目をぎゅうっと閉じて、神に祈っていた。

どうか、彼が無事で帰ってこれますようにと。

その時だった。

「ま、まぶし……！　何この光!?　フェリ様!?」

ニコがなんだか叫んでいる。どうしたんだろう……？

うっすらと目を開けてみると……。

「え、こ、ここ……どこ？」

気づけば私は、空中にいた。

い、いや……意味がわからない。何が起きてる？

さっきまで王都の入り口にいたはずなのに、どうして空の上に……。

「って、きゃああああああああああああ！」

私の体は重力に従って地面に向かって落ちていく！

死の恐怖が頭をよぎる……誰か！　助けて！

その時だった。

ふわり、と誰かが私を受け止めてくれたのだ。

アルセイフ様……？　いや、違う。

「大丈夫ですか、お嬢さん？」

空中で私をお姫様抱っこしてるのは、見知らぬ人物だった。

太陽のように眩《まばゆ》く、美しい金髪をした、美青年である。

眼鏡をかけており、そのレンズの向こうには、狐《きつね》のように細い目があった。

年齢は二〇歳《はたち》くらいだろうか。整った顔に、ほっそりとした体。

だがしかし、私のことをしっかり受け止めてくれるくらいには、筋肉がついてる。

豪奢《ごうしゃ》な服装に身を包んでいることから、この人が高貴なお方だとわかった。

ふわり、と私たちは軟着陸する。そこで初めて、この人が、空中にいる私を受け止め、助けてくれたのだと悟った。

「あ、あの……ありがとうございました。助けてくださって」

「お気になさらないでください、お嬢さん。むしろ助けられたのはワタシの方ですから」

「それってどういう……？」

彼は腕の中にすっぽり収まってる私を凝視《ぎょうし》する。

そして、恍惚《こうこつ》の笑みを浮かべる。

「素晴らしい、なんと、美しいんだ……」

「は？」

その時アルセイフ様の言葉が脳内でリフレインする。私が美しいとかなんとか。

この人は、今私を見て、そう言った。綺麗だって。

……なぜだろう、その瞬間、私の胸には形容しがたい感情が去来した。これは、なに？ 羞恥《しゅうち》心《しん》では決してない。そうではなくこれは……なに？

「は、放して！」

「これは失礼いたしました」

彼に地面へ下ろしてもらうと、すぐさま私は距離を取る。なんだかわからないけど、とにかく、この人から離れなければと思っていた。見られたくなかった。……え、何を？ 誰に？

「怪《あや》しい者ではありません。ワタシはサバリスの要請で、貴女《あなた》に会いに来た者です」

「！　ということは、魔族国から来たという……」

この人こそが、待っていたお客様だった。

「こ、これはとんだご無礼を……」

「いえ、こちらこそ婚前の女性の肌に、他人が触れてしまうご無礼を働き、大変申し訳ありませんでした。陳謝いたします」

彼は余裕の笑みを浮かべながら、深々と頭を下げる。

なんだか、礼儀正しい方だなと思った。

「気にしないでください。助けてくださって、どうもありがとうございました」

ふと、私は気づく。

「ワイバーンは……？」

そう、そうだ！　さっきまでいた大量のワイバーンが、どこにもいない。

おかしいのはそこだけじゃあない。私もなんで、王都の入り口にいたはずなのに、草原のど真ん中にいるのだろう？

「ワイバーンは去りました。貴女のおかげです」

「私の……？」

「ええ。貴女は突然空中に転移してきたのです。そして聖なる光でワイバーンどもを追い払った」

「私が……？」

しかしそうだ。思えば、ヒドラの時も、転移できたじゃあないか。

あの時と同じ力を使ったのか。そこまではいいとして、ワイバーンの大軍を追い払う？

そんなこと、私にできるだろうか……？

「兄上！　ご無事ですか!?」

その時、馬車からまた新しい人物が出てくる。

「まあ、なんて若い……というか、子供？」

年の頃で言えば六歳くらいだろうか。

「ワタシの弟です。ヴァンと申します」

ヴァン君は、なるほど、彼に似ている。髪の毛は短くカットしてあり、左右で色の違う瞳をしていた。不思議な目……。

と、そこで私は気づく。ヴァン君は魔族の証《あかし》である角が、側頭部から生えてる。

一方、ヴァン君の兄である彼には角がない。

魔族国から来たのに、魔族ではない……？

「ヴァン。ワタシは大丈夫です」

「よかった……兄上に何かあれば、民《たみ》たちは悲しみます」

民……？　悲しむって……？

するとヴァン君は私を睨みつけて言う。

「この方をどなたと心得る！　魔族国ケラヴノスチアの現魔王、カリアン＝Ｌ＝ケラヴノスチアなるぞ！」

……カリアン。魔王……え、ええ!?

「か、カリアン、様……魔王!?」

サバリス教授の友達って、魔王だったの!?

私はすぐさま身だしなみを整え、深く頭を下げる。

「魔王様とはいざ知らず、無礼な態度、大変申し訳ありませんでした」

「そうだぞ！　兄上に近寄るなこのメ……」

「ヴァン」

カリアン様が静かな声音で、弟の名を呼ぶ。激高していたヴァン君が一瞬で大人しくなった。

次いでカリアン様はヴァン君……いえ、ヴァン様に代わって頭を下げてきた。

「愚弟《ぐてい》が失礼をいたしました」

「い、いえ別に……」

「ヴァン。彼女に謝罪なさい」

口調は穏やかなまま。でもヴァン様はぶるぶると震えていた。

何かに怯えてるようにも感じられた。

彼はぺこりと頭を下げてきた。

「どうかお許しくださいませ」

「あ、はい。大丈夫です。そんな、大げさにしなくても」

確かにヴァン様はちょっと暴言を吐きかけていた。

でも相手はまだ子供だ。それに怒った理由も、王であるお兄さんになれなれしい口を利《き》く私をたしなめるためだろう。

なら、ヴァン様の発言、態度も許せる。

「寛大な処置、誠に感謝いたします」

ふぅ……。まあ、何はともあれ、私は魔王カリアン様との初対面を果たしたのだった。

●カリアン side

カリアンはフェリアと共に馬車に乗り、王都へとやってきた。

そこへすぐさま、王国騎士団が駆けつけてくる。

「フェリ！　無事か!?」

「あ、アルセイフ様……わぷ！　は、放してください！」

フェリアを抱きしめる銀髪の男。

カリアンは眼鏡の奥の目を開いて、その姿をしかと目に焼きつける。

「なるほど……あれが、雛鳥を守る猟犬、ですか」

カリアンは誰にも聞こえないように小さく呟き、にんまりと笑う。

『兄上、申し訳ありませんでした』

脳内に弟、ヴァンの声が響く。魔族はテレパシーの魔法を使えるため、こうして脳内で会話が可能なのだ。

『勝手な行動をされては困ります。ヴァン。次、ワタシの許可なく、雛鳥に手を出そうとしたら、その時は容赦《ようしゃ》なくその首を刎《は》ねますからね』

フェリアに見せていた紳士的な態度から一変し、カリアンは実の弟に対し、面と向かって、殺すと宣告した（テレパシーでの会話なので面と向かってかどうかはさておき）。

カリアンの言葉を聞いて、ヴァンは黙りこくってしまう。何度も何度も頭を下げる。

カリアンはうっとりとした表情を浮かべながら、弟に語りかける。

『君も見ただろう？　雛鳥《ひなどり》の持つ力を。あれこそまさに、ワタシが求めていたもの。金の卵を産む母体……金の親鳥なのです』

フェリアを見て、カリアンはそう言った。雛鳥。それはフェリアのことを指す。

彼には彼自身の目的があって、ここに来たのだ。

『古き知人の言葉、半信半疑ではあったのですが……どうやら当たりのようですね』

カリアンの目が見開かれ、妖《あや》しく輝く。その視線の先にいるのはフェリア。

彼の目にはフェリアが、黄金に輝いて見えていた。

『フェリア＝フォン＝カーライル。どんな手段を使っても、貴女を手に入れる』

そう呟くカリアンの瞳には、彼女しか映っていない。

彼女に婚約者がいることも、傍《そば》にその当人がいることも、カリアンの眼中にはなかった。

●フェリアside

ワイバーンの騒動から二日後。私はサバリス教授の研究室に来ていた。

そこには魔王カリアン様と、その弟、ヴァン様が待っていた。

「改めて紹介するよ、カーライル君。私の古き友、カリアンだ」

カリアン様は朗らかに笑うと、うやうやしく頭を下げてくる。

魔王と知り合いだなんて、サバリス教授、何者なんだろうか……？

「彼とは同じ研究者仲間でね」

「へえ……カリアン様、いえ、陛下も魔法研究をなさるのですね」

王自《みずか》らが研究者の道に身を投じるなんて。私の住んでいるゲータ・ニィガでは考えられない。

カリアン様はにこにこしながら首を左右に振る。

「下手《へた》の横好きレベルですよ」

「ははは、カリアンは冗談が上手だね」

「事実ですよ、サバリス」

二人はよき友人同士の様子。昵懇《じっこん》の仲のようだ。

それにしても、魔法研究界の若きホープと肩を並べるほどの研究者。

しかも魔王。その上こんなに謙虚だなんて。凄いお方だな、カリアン様は。

「お嬢さん。どうかワタシのことは魔王としてではなく、一個人として接してほしいです。陛下ではなく、カリアンとお呼びください」

「それがご命令とあらば」

「命令ではなく、お願いです♡　ワタシはお嬢さん、貴女には特に、魔王として接してほしくないのです」

カリアン様が近づいてきて、私の手に触れようとしてくる。

私は、すっ、とそれを躱《かわ》した。

「私はすでに婚約済みですわ、陛下」

やんわりと、マナー違反を指摘する。

「なんと、これは失礼。知りませんでした」

どうやら私に婚約者がいることを知らなかったようだ。

それなら、まあしょうがないか。

「考えてみれば、貴女のような美しい女性に、婚約者がいない方がおかしいですね。考えが及ばず申し訳ありませんでした」

「い、いえ……」

美しいと、再び彼に言われて、またも私の胸がずきりと痛くなる。

なんなのだろう。こんな、社交辞令に、何を反応してるのだ？

私は今みたいに、少し褒められただけで、心乱されるようなそんな女だったか？

「さて、本題に入ろう。カリアン、君の意見を聞かせてほしい」

本題。そうだった。カリアン様がここに来たのは、私の持つ精霊王の力を、コントロールする術《すべ》を教えてもらうためだった。

「サバリスから聞いた話。そして、ワタシがこの目で直接見た情報を総合するに……」

カリアン様が見た力……。空中に転移してみせた、精霊王の力。

「恐らくですが、精霊王の力と魔法の力は類似するものに感じました。つまり、魔法……特に、攻撃魔法をコントロールするように扱えば、精霊王の力もまた自在に使えるようになるかと」

魔王たるカリアン様がそう言うのだから、そうなのだろう。

しかし魔法を扱うように……か。

「私は魔法学校に通ってはいましたが、落ちこぼれでした。通常の魔法は疎《おろ》か、攻撃魔法すら使えたことがありません」

魔法には大きく、相手を攻撃する魔法（属性魔法）、そうじゃない魔法（無属性魔法）に大別される。落ちこぼれだった私には、どちらも縁遠いものだ。

「これは参りましたね……そうだ。よければワタシが指導いたしましょうか」

「！　いいのかい、カリアン？　確か君の国は今……」

心配そうなサバリス教授の口の前に、カリアン様が人差し指を立てる。

「こちらは大丈夫です。それより、今は彼女のことを優先するべきかと」

……なんのことかしら？

サバリス教授は何を言おうとしていたのだろう。

「……そうだね。わかった」

サバリス教授は納得したように頷いて、私を見て言う。

「カリアンが君に力の使い方をレクチャーしてくれるみたいだ。私としては、彼以上に魔法の扱いに長《た》けた人物はいないと思うし、適任だと思う」

なら、私の答えは決まっていた。

「ぜひとも、ご教授願えますと幸いです」

こうして私は、魔王カリアン様に、精霊王の力をコントロールする術を、直接教えてもらえることになったのだった。

王としての政務があるだろうに、私に時間を割いてくれるだなんて、本当に優しくていい人だなと思ったのだった。

……後から振り返ってみれば、この時きちんと疑問に思っておくべきだった。魔王たる御仁《ごじん》が、小娘の指導役なんて、普通は受けるはずがない、ということに。ちゃんと違和感を覚えることができたなら、あんなこと、い、い、あんなことにはならなかっただろう。

# 二章

サバリス教授の研究室から、レイホワイト邸へと戻ってきた。

……お屋敷の入り口にて、犬が二匹いてケンカしていた。

「おい犬っころ。どけ」

『いやだね。そっちこそどきなよ！』

がるるるぅ……と吠えている犬たち。一匹は白くて大きな犬、コッコロちゃん。もう一匹はアルセイフ様……。訂正、神獣と人間で、どっちも犬じゃあなかったわ。

「貴様、俺と和解したんじゃなかったのか？」

『気が変わったんだよ！ ちっくしょう、フェリは渡さないもん！ あっち行け、しっし！』

「断る。俺はフェリの帰りを待っているのだ。帰りを待つのは俺一人でいい。失せろ」

『この屋敷の守護神はボク！ フェリはこの屋敷の女性！ つまりフェリを守るのはボクの仕事！ そっちこそ失せなよ！』

「キャンキャンとやかましいぞ、駄犬」

『駄犬はそっちだろー！　狂犬めー！』

……はあ。なんと程度の低いケンカだろうか。

ある書物で読んだことがあるのだが、争いは同レベル同士でしか発生しないらしい。

神獣と同格……というとなんだか凄《すご》そうに聞こえなくないが、やってるのは幼児のケンカそのものである。もう少し、二人とも立場を考えてほしい。

「何をやってるのですか、コッコロちゃんズ」

「『フェリー！』」

犬が二匹して押し寄せてくる。コッコロちゃんの方が素早いのか、私に飛びついて、顔をベロベロと舐《な》めてきた。さっきのケンカから今に至るまで、ずっとニコニコしてるが、別にケンカをしてた時は機嫌がよかったわけではないだろう。常に笑ってる顔なのだ。

でも私に抱きついてベロベロしている時は、表情と感情が一致してるようだ。尻尾なんてちぎれそうなくらいに、強く振っている。

「こら貴様犬っっころ！　どけ！　フェリは俺のだぞ！」

『ふぇり〜。おかえり〜。べろべろべろろろん♡』

「離れろくそ犬がぁ……！」

アルセイフ様がコッコロちゃんを引き剝《は》がし、カバンのように脇に抱《かか》える。

『こら！　放せこら！』

「フェリ。帰りが遅かったから心配したぞ」

『無視すんなこらぁ……！』

びちびちと鮮魚のごとくもがくコッコロちゃんを抱えながら、アルセイフ様が心配そうな顔を私に向けてくる。

「遅くなってごめんなさい。少し話が長くなってしまって……」

「あの……カリアンとかいう男とか？」

二日前、アルセイフ様はカリアン様の顔をチラッと見ただけ。

一応、私は簡単に説明（サバリス教授のご友人）してはいるが、彼からすれば素性のわからぬ男と、自分の婚約者が会っていたことが、嫌だったのだろう。

「ええ。あ、でもですね、別にやましいことは何もなかったですよっ。何も嫌なことはされてませんし……」

って、何を言ってるのだ私は……？

ここは普段の私なら、何を焼きモチ焼いてるのだまったくと、呆《あき》れるところではないのか……？

何を弁解してるのだろう……？

なんだか、最近の私はおかしい。挙動が不審というか……。変な女って、アルセイフ様に思われてないだろうか……？

「そうか」

……と、彼はあっさり頷《うなず》いた。どうやら私の心情の変化については気づいてないようである。

……殿方ってすごい鈍感だとロマンス小説で読んだことがあるけど、本当なのだな。……まったくもう。

『おい犬。フェリの言ってることに嘘はないぞ。他のオスの匂いはするけど、フェリは純潔を保ったままだ！』

「……コッコロちゃん？　匂《にお》いでそんなことまでわかるの？」

『もちろん！　え、あれ!?　フェリ!?　なんか激怒してる!?　今の君から、物凄い怒ってる匂いがするんだけどぉ!?』

あらぁ、コッコロちゃんは匂いでそんなことまでわかるのねえ……。

「アルセイフ様。コッコロちゃんにお仕置きを」

「承知した！」

がきぃん！　とコッコロちゃんが凍りつく。アルセイフ様の氷の力によるものだ。

「そこで反省してなさい」

『うおーん、ごめんよフェリ～。怒らないでよぅ～』

守護神相手に、今のは不敬だったろうか？

いや、痛い目を見ないと、あの子は覚えてくれないでしょう。痛みは教訓。

私とアルセイフ様は、コッコロちゃん（氷漬け）を残し、屋敷の中へと入る。

◆

レイホワイト邸の食堂にて。

アルセイフ様は先に仕事から戻っていたのに、私が帰るまで、ご飯を食べずに待っていてくれたようだ。

……ふにゃり、と口元が緩《ゆる》みそうになる。……え、な、なんで？

「どうした？」

「いえ……ただ、なんだか最近おかしくて……」

「？　フェリは昔も今も素敵だぞ？」

ああ……なんだろう。胸が……きゅううっとなる。今まで全然、味わったことのない感覚に、戸《と》惑《まど》うばかりだ。

「ど、どうも……」

「？　そうだ、フェリ。力のコントロールのレクチャーについては、どうなったんだ？」

そうだった。まだアルセイフ様にそのことを報告していなかった。

「実は……」

私は魔族国ケラヴノスチア、現魔王のカリアン様に、個人レッスンをしてもらうことになったと、彼に伝える。

「ほぅ……ほぉお……？　男に、つきっきりで、教わる……と？」

「はい。魔法のエキスパートであるカリアン様に習えば、きっとこの力を自在に操れるようになるかと……って、どうしたんですか？」

明らかに彼が不機嫌そうになった。

「駄目だ」

「どうしてですか？」

「俺のフェリを！　どこの馬の骨ともわからぬ男に、渡すものか！」

……はぁ。まったくもぉ～。また嫉妬《しっと》してる、この人。

もぉ、いい加減にしてほしい、彼のこの嫉妬深さには、辟易《へきえき》しているのだ。はぁ……やれやれ。

「フェリ様？　お顔がにやついてますよ……？」

後ろに立って控えていたニコが、そんなことを耳打ちしてくる。

ぷくぅ、となぜか彼女は頬を膨《ふく》らませていた。なんなのだろうか。

それにしても、顔がにやついていた？　そんなわけがない。

「何を勘違いなされてるのですか？　私はカリアン様に力の使い方を習うだけです」

「しかし……二人きりなのだろう!?」

「ええまあ」

「なら、やっぱりだめだ……！　とにかく二人きりは許さん！　フェリの美貌によって、メロメロになったその男が、野獣のように襲いかかってくるかもしれん！」

「ないですよ」

……阿呆なのだろうか。うん、さっきの胸のときめきとか、口元の緩《ゆる》みとかは、やっぱり気のせいだ。何かの間違いだろう。

「どうしたフェリ!?　そんな、スン……みたいな顔をして！」

「いえ別に」

なんだスン……みたいな顔って。私からすれば、ギャンギャンやかましく吠えている様は、野犬に思えてしょうがない。なんだったら幻の犬耳と尻尾が見えるほどだ。

「冷静になってください。貴族が声を荒らげるものではありませんよ」

「しかしな！　俺は俺の大事なフェリが、どこぞの野獣に襲われて、傷物にされてしまわないか心配で……」

「大丈夫ですから、一旦冷静になりましょう。次吠えたら教育的指導が入りますからね」

「教育的……指導……鞭《むち》で叩くとかか？」

躾《しつけ》のなってない犬アルセイフ様を、鞭で叩き調教する女王様の私。……うん、普段とあんまり大差ないな。

「アルセイフ様。大丈夫ですよ。相手は魔王です。他国の王が、他人の、しかも貴族の女に手を出せば、どうなるかくらい弁《わきま》えておりますよ」

「…………」

暴れていたアルセイフ様がすっかり大人しくなる。

まあ、さすがの彼も、ここまで言えばわかってくれたか……。

「貴族の……女……俺の……女……ふふっ」

……この人は。どうやら私が、自分《アルセイフさま》の女って言ってくれたことがうれしくて、怒りの感情が頭からすっぽり抜けてしまったようだ。

なんと単純……。やっぱりコッコロちゃん2号ね。馬鹿犬加減がうり二つだ。

「とにかく、話は長くなりましたが、明日からサバリス教授のところへ通い、カリアン様の個人レッスンを受けることにしましたから」

「うむ……まあ、仕方ないか。その男を我が家に呼ぶなんて論外だし、人気《ひとけ》のないところに二人きりも駄目となると、人目のある学校がベター……か」

そういうことだ。

「フェリ。何かあれば大声を出すのだぞ」

「何かってなんですか？」

「そんなのフェリの天女の衣《ころも》のごとく美しい柔肌に、彼奴《きやつ》が触れるとか……」

「肌が触れたくらいで叫びませんよ」

「ほんとか？」

ぴた。

「きゃー！」

ばっしーーーーーーーーーん！

「いきなり何するんですか!?」

アルセイフ様ったら、私の頬にいきなり触れてきたのだ！

な、なんて……破廉恥《はれんち》な！　思わず彼の顔を平手打ちしてしまった。

「す、すまん……」

はっ。い、いけない……いけない、フェリア。淑女《しゅくじょ》たるもの、他者に手を上げるなんて、最低よ。

……とわかっているのに……どうして……。

「嫌だったか？」

「嫌ではありませんよっ。ただ、急にはやめてください……」

「ああ……わかった」

しゅん……とコッコロちゃん2号が、肩を落とす。

……ちょっと強く躾《しつ》けすぎてしまっただろうか。

いや、でも駄目。ちゃんとキツく、駄目なことは駄目って言っておかないと、またさっきみたいに……うう……恥ずかしい……。

……恥ずかしい？

「フェリ？」

「きょ、今日はもう寝ます！　おやすみなさい！」

「あ、ああ……おやすみ」

……最近の私、やっぱり、確実に、なんか変！

◆

翌日、私がニーナ様たちと食事を摂《と》っていると……。

「フェリ様〜！　お迎えの馬車が〜！」

……迎えの馬車？

ニコが私に指摘される前に、馬車を手配しただなんて。あり得るだろうか、この忘れっぽいニコが……？

「もう馬車を手配したの？」

「あ、いえ。忘れてました」

やっぱり……。じゃあ、馬車は誰が？

「カリアン様が、馬車を回してきてくれました！」

「まぁ、なんと用意のいいこと」

お待たせしてはいけないと、私は立ち上がり、ニーナ様、そして、お義父《とう》様であるシャーニッド様に、ぺこりと頭を下げる。

「私、これより、魔法学校へ行って参ります」

「ＯＫ！　あ、外まで送ってくわぁ」

ニーナ様と共に、私とニコは玄関先へと出る。

ドアを開けると、王弟のヴァン様がいらした。

「おはようございます、フェリア様。兄上の命《めい》により、お迎えに上がりました」

「ご配慮、誠に感謝いたします」

しかし妙だな。王の弟であるヴァン様が、どうして迎えに来るのだろう。こういうのは普通、従者の役割ではないだろうか？

少し気になったものの、まあ我が国と魔族国では風習が違うのかもしれない。それ以上のことを考えず、私はヴァン様と共に馬車に乗り込む。

後からニコが乗り込もうとすると、ヴァン様がこんなことを言う。

「申し訳ありませんが、兄上からフェリア様のみを連れてこいとのこと。侍女《じじょ》はお乗せできません」

「ほえ？　じゃああたしは行っちゃだめってこと～？　フェリ様～」

貴族令嬢を、付き添いもなしに連れていく？

ますます変だ。

「ヴァン様。ニコは私の身の回りの世話をしてくれる従者なので、できれば連れていきたいのです」

「だめなものはだめです。兄上に教えを乞《こ》う以上、兄上の命令には絶対に従っていただきます」

……あまりごねて、国同士の関係にヒビでも入ったら外交問題になってしまう。

仕方ない、ここは引こう。

「ニコ、ヴァン様の言う通り、私は一人でカーライル様のもとへ向かいます」

「えー！　やだやだ、心配ですよぅ！」

「大丈夫。何もないから」

「でもぉ」

「私の世話を見てない間はサボっててていいから」

「わっかりましたー！　いってらっしゃーい！　フェリ様！」

……この子ってば、もう。自分がサボれると聞いた途端これだ。

まあ、長い付き合いだから、驚きも呆《あき》れもしない。

ヴァン様は私たちの話し合いが終わったタイミングを見計らい、私に言う。

「ではフェリア様。参りましょう」

「わかりました」

私はヴァン様と共に馬車に乗り込む。

彼が私の正面に座ると、御者《ぎょしゃ》が馬車を動かす。

「いってらっしゃいふぇりちゃーん！」「気をつけてー！」

ガラガラと車輪が回る。

その音だけが馬車の中に響き渡る。

ヴァン様は一言も口を利《き》いてこなかった。……寡黙《かもく》な男の子。今後も付き合いがあるなら、少しはコミュニケーションを取っておいた方がいいか。

「今日はいい天気ですね」

「…………」

「カリアン様は他にご兄弟などいらっしゃるのですか？」

「…………」

「あの……」

「申し訳ありませんが、フェリア様」

ヴァン様は少し苛立《いらだ》たしげに言う。

「ぼくは兄上から、あなたと会話をしてよいと許可をもらっておりません。ゆえに、話しかけられてもお答えできませんので、悪《あ》しからず」

会話の許可……？　そんなものを取る必要なんてあるのだろうか。

「兄上からは、行き帰りの送迎、そして授業をしてる間の世話をしろ、とだけ言われております。それ以外のことはいたしかねます」

……変わった人だな、この人。そんな命令されたことしかできないだなんて、魔導人形《ゴーレム》じゃあるまいし。

「ほかにカリアン様から仰《おお》せつかってることはありますか？」

「お世話を焼いてる間は、フェリア様の命令に従うことと」

「王弟であるあなたに？」

「はい」

……それは、どうなんだろう。あまり他国のことに口を出したくはない。ただ、こんな仕事、わざわざ自分の弟にやらせることではない。従者で十分ではないか。

カリアン様の真意はわからないけれども。ちょっと……いやだいぶ、魔王兄弟のありように、違和感を覚える。

「着きました。降りてください」

馬車がサバリス教授の研究室がある、研究棟の前に停まる。

そこにはカリアン様が立っていて、笑顔で出迎えてくれた。

「お待たせしました、カリアン様」

「いえ、ワタシもちょうど来たところです。さ、こちらに……」

と、その前に私は言う。

「一言よろしいでしょうか？」

「？　なんでしょう、お嬢さん？」

「私の身の回りのお世話を、ヴァン様に命じられたと伺《うかが》いましたが、本当ですか？」

「ええ、それが？」

どうやらヴァン様が、勝手にそう思ってるってわけではなさそうだ。

「今すぐやめさせてください。身の回りの世話については、専属の侍女がすでに私にはおります」

わざわざヴァン様に世話係みたいなマネをさせなくていいのだ。

それを仕事にしてる者がいるのだから。

「……ヴァンが貴女《あなた》に、何かご不快にさせるような真似をしたのですか？」

酷《ひど》く、冷たい声音でそう言った。初めて出会った時から今に至るまで、終始微笑みを浮かべていた彼がである。

びくんっ！　とヴァン様が体を強張《こわば》らせる。確かに、今の彼からは怒気を感じる。それはまあ仕方ないことだ。わざわざ手配してくれたものに対して、不要だと私が言ったからである。

「手配してもらって大変申し訳ありません。ですが私の世話は自分でしますし、雑事を任せるにしても、信頼のおける相手に任せたいのです。ヴァン様が私に何か不快なことをなさった、ということは一切ございません」

「そう……ですか。ヴァンは使えないから、必要ないと？」

「違います。ヴァン様がすべき仕事ではない、と言いたいのです。ヴァン様は王弟です。彼には彼の地位に見合った役目を果たすべきだと、言いたいのです」

カリアン様が目を丸くしている。ヴァン様もだ。

あまり口うるさく言えば、内政干渉《かんしょう》に当たるかもしれない。とはいえ、私は気になったことを黙っておくことができない性格だ。

その立場の人がやるべき役割というのは、立場ごとに決まってるのだ。

ヴァン様に従者の真似事をさせるのは、明らかにおかしい。

「ふ、ふふふ！　ははは！」

突如《とつじょ》としてカリアン様が笑いだす。何かおかしなことを言っただろうか。

「失礼。貴女の言う通りですね、お嬢さん……いや、フェリアさん」

カリアン様が呼び方を変える。まあだからどうだって話だが。

「貴重なご意見、ありがとうございます。ワタシとしては、あなた様は大事なお客様ゆえ、丁重《ていちょう》にもてなしたいと思っておりました。だから愚弟《ぐてい》に世話をさせようと」

「ご配慮ありがとうございます。その上で、お断りいたします。自分のことは自分でします」

「承知いたしました」

「はい……それと、へりくだった言い方は不要です。あなた様の方が立場は上です。だから、自分の大切な家族を、愚弟、などと言わないであげてくださいまし」

謙譲語《けんじょうご》として愚弟と呼ばわったのは重々承知している。だがカリアン様の方が立場は上なのだから、別にそんなふうに、弟を卑《いや》しめなくていいと私は思ったのである。

「………」

ヴァン様は大きく目を剝《む》いていた。そんなに、私の言葉は意外だったろうか？

カーライル様はクックックッと笑っている。なんだか、変わった兄弟だな。

◆

サバリス教授のもとを辞して、私は屋敷に帰ってきた。

夕飯時、私はアルセイフ様と一緒にご飯を食べている。

前は長いテーブルを使っていたのだけど、最近は長さの短いものを使っていた。

私と近くでご飯を食べたい、という彼の要望を汲《く》んだのである。

かつてはアルセイフ様の変化に戸惑っていた私もすでに慣れた。それに今は彼と同じで、少しでも近くで彼を感じたいと思っている。

「慰問《いもん》活動、だと？」

「ええ、駄目ですか？」

貴族の子女がよくやる活動のことだ。孤児院などを訪ね、そこのお手伝いをする。そうすることで貴族としての名前を売る、というもの。

「レイホワイト家の評判も上がりますし、何より、この力の訓練になります」

カリアン様から、力を支配するためには、もっと使うべきだとアドバイスを受けたのだ。

「強い力を自分は扱えるんだ、という自信が、魔法のコントロールには重要だそうです。といっても、ただ力を使うのでは無駄なので」

そこで慰問活動、というわけだ。

聖なる癒《い》やしの力を、使ういい訓練になる。

彼は俯《うつむ》いて、暗い表情を浮かべる。どうやら難色を示しているようだ。

「女が外に出て働くことに、抵抗がおありで？」

「そういうわけじゃない。俺は……心配なんだ」

「心配？」

「ああ……」

彼は私の傍《そば》までやってきて、手を握ってくる。

すぐ近くにある整った彼の顔。その瞳は、憂《うれ》いの色を帯びている。

「おまえは美しい。美しいおまえが外に出て慰問活動すれば、不埒《ふらち》な考えを持つ者たちが、おまえを狙ってくるかもしれない」

そ、そんな真顔で「おまえは美しい」だなんて言われると、どうにも面映《おもは》ゆい。

ただ彼の心配は、確かに考えておくべきことだ。

私の聖なる力は、傷や病《やまい》を癒やす。それはとても目立つことになる。

となると、私を悪用しようと、よこしまな考えを持つ輩《やから》が出てきてもおかしくない。

それを危惧《きぐ》しているのだろう。

「ありがとう。でも、私はやりたいのです。この力で、たくさんの人を助けてあげたい。アルセイフ様や、他の人たちも」

うぐ、と彼が口ごもる。

「……ずるいぞ、フェリ。そんなふうに言われては、反対できないじゃないか」

「じゃあ」

「ああ、いいと思う……だが！　俺はおまえを一人で活動させないぞ」

「え？　いや、王様に言って誰か護衛をつけてもらおうと思ってましたけど……」

すると彼は至って真面目な顔で言う。

「俺がやる。おまえのナイトになる」

「まあ……」

慰問活動する私の護衛をしてくれるというのか。ほんとに、この人は私のこと大切に思ってくれてるんだな。なんだか、じんわりと、心がぽかぽかしてくる。

「それは嬉しいですけど、王国騎士団副団長としての職務はどうするんですか？」

「上に掛け合ってみる。フェリ、おまえは今や、この国の宝だ。きっと国王も理解してくれるだろう」

聖なる力はとても珍しいものだ。

その力を持った女性は聖女と呼ばれ、どの国でも重宝《ちょうほう》されている。この国も例外ではない。

「それにおまえを、どこの誰とも知らんやつに守らせたくない」

「あらまあ、いいんですか？　そんな私情を挟んで」

とは言っても、私の口の端《は》は緩《ゆる》んでしまう。

愛する夫が、私のことを独占してくれる。それは、なんとも嬉しいことだから。

「私情ではない、これは愛だ」

「愛……ですか。ふふ……いい言い訳ですね」

独占欲も愛と言い換えれば、なんだか素敵に聞こえるから不思議である。

「くっ！」

「どうしました？」

「フェリの笑顔が……眩《まぶ》しすぎる！」

……またしても、私は自分の意思に反して、笑っていたようだ。

おかしい。最近情緒が乱れている。急にどきっとすることもあるし……。一度医者に診《み》てもらおうか。でもそうすると、この人また騒ぎそうだし。まあ、日常生活に支障ないので放置しておこう。

「フェリ！　ああフェリ！」

「なんです？」

「もっとその、女神のごとき美しい笑みを俺に見せておくれ！」

見せておくれと言われても……。

「面白かったり嬉しかったりするわけでもないのに、笑うことなんてできませんよ」

「ふむ……そうなのか？　しかしハーレイはいつも笑ってるがな」

そう言われると、常ににこにこしてる気がした。

「ハーレイ様はそうかもしれませんが、私にはできません」

「そうか？」

「ええ」

「フェリ……」

アルセイフ様が切なげな表情で、顔を近づけてくる。……なんだろう、胸が、ドキドキする。見てるだけで頬が熱くなって、思わず顔を逸《そ》らしてしまった。

「俺はおまえの笑ってる顔がもっと見たい」

だ、ダメ……今日は変だ。ただ近くで彼に見られてるだけなのに、顔が火照《ほて》って、頭の中がぽーっとしてしまう。もっと見たい、というおねだりに、応《こた》えたくなる。

「……む、無理です」

「どうしてだ？」

「わ、私は……冷たい女ですから」

世間の女性たちのように、笑顔を己《おのれ》の道具のように、自在に使うことはできない。

魔法の力と同じだ。私はそういうふうに、笑顔を使ってこなかったのである。だから、笑いたくないときに、笑うことができなかった。

「すみません、つまらない女で」

……つい、謝ってしまう。どうして？　もう最近、自分で自分がわからなくなることばっかりだ。

以前の私ならこの場面で、謝るようなことはしなかった。私は私ですので、で済ませていた。

でも今は、彼に対して、なんだか申し訳なさを覚えてしまったのである。

「いや、謝らないでくれ。俺が悪かった」

「え？」

彼が頭を下げてきたので、驚いた。あのプライドの高い、冷酷なる氷帝《ひょうてい》が、である。

「おまえの意志を無視して、無理に笑わせようとしてしまった。すまない」

……私のことを、思いやってくれた？　ってことだろうか。

……ぎゅ、と胸が締めつけられる。まただ。なんなのだ？

「フェリ。怒らないでおくれ」

「べ、別に怒ってません」

「本当か？」

「ええ、本当に」

ほぅ、とアルセイフ様が安堵《あんど》の息をつく。そして、やわらかく笑った。

……私はついついい、距離を取ってしまう。

「どうした？」

「ず、ズルいです。あなたも笑うのが苦手だと思ってたのに」

「む？　そうか俺は笑っていたか。まあ致し方あるまい。俺はフェリが好きだからな。好きな人の前では、笑ってしまうものだとハーレイのやつが言っていたぞ」

「へえ……」

そういうものなのか。参考になる。……ん？　それでは、私が笑ってるのも、アルセイフ様のことが好きだから……？

いや、まあ好きか嫌いかと聞かれたら、確かにアルセイフ様のことは好きだ。でもそれはなんというか、違うというか。違う？　何が違うというのだ。ああわからない。なんだか全てがわからなくなってきた……。

「フェリ？　どうした？」

どうしちゃったんだろう、私。もう何がなんだかわからない。

自分の気持ちがコントロールできない。

「あ、あなたのせいです……」

「？　どうした急に」

「あなたのせいですから！」

「？　すまない」

ああ、そんな、しゅんとしないでほしい。なんだかわからないけど、愛《いと》おしい気持ちになって、抱きしめたくなる。だめだ、こんな、食堂でだなんてそんな……。

「『…………』」

ふと、視線を感じて振り返る。食堂のドアから、ニーナ様、ニコ、そしてコッコロちゃんが顔を覗《のぞ》かせて、こちらを見ていた。

……猛烈に恥ずかしくなって、私はどんっ！　とアルセイフ様を突き飛ばす。

彼は、はてと首を傾げる。……私ばっかりこんな、動揺させられてばかりでズルい。

「うふふ♡　息子と、お嫁さんがー、仲良しでママ嬉しい♡」

「ニコは複雑な気持ちです。でもフェリ様が幸せなら、ＯＫです！」

『ボクは認めてないから！』

三者三様、言いたい放題だ。人から見られて、冷静になれた。

どたたた！　とニーナ様たちが詰め寄ってくる。

『フェリ！　いま、やらしいことしようとしてたでしょ!?』

「してません」

「フェリちゃん、いいのよ、いつ孫を産んでも！」

「今のところ産む予定はないです」

「フェリ様、もうやっちゃったのですか！」

「やってない」

さっきまであった、妙な雰囲気は完全に雲散霧消《うんさんむしょう》していた。

「すみません。今日はこれで失礼します。おやすみなさい」

私はそそくさとその場を後にする。

やっぱり私は最近変だ。ほんとに、変だ。どうなってしまったんだ私は……。

今は力のコントロールを身につけるのが最優先だっていうのに……。

◆

翌日、私はベッドの上で目を覚ます。

『ふがー……しゅぴぃ～……ふがが～……』

コッコロちゃんがいつの間にか隣で眠っていた。まあ、今に始まった話ではない。この屋敷に来てから、この子は頻繁《ひんぱん》にベッドに忍び込んでくるのである。

『フェリ～……しゅきぃ～……♡』

「……好き、か」

コッコロちゃんはしきりに、私のことを好きと言う。なんと安い言葉だろう。そういえば、アルセイフ様も最近、口を開けば好き好きと言う。

……好きってもっと、うちに秘めておくワードだと思うのだけど。殿方ってそんなふうに、気安く好きって言うものなのだろうか。

……わからない。私の周りの男性って変わった人ばかりだから。

サバリス教授にでも聞いてみようか。でも年上の人に聞くのはなんだか気が引ける。……いや待って、それよりハーレイ様に聞くのがいいか。

あの方は明るく社交的だし、まともな答えが返ってくる気がする。

今度アルセイフ様の職場に行くついでに、ハーレイ様に尋ねてみようかな。

その時だった。

コンコン、とドアが控えめにノックされる。時間通りだ。

「どうぞ」

「しっつれいしまーす」

ニコがちょこちょことこちらに歩いてくる。……おや？　いつもなら、明るい笑みを浮かべて、元気いっぱいに話しかけてくるというのに。

「どうしたの、ニコ？　今朝はなんだか元気がないわね」

「……いえいえ。ニコはいついかなるときだってげんきでしゅ……」

でしゅ、って……。どう見ても元気はつらつ、とはほど遠い顔だ。

「体調でも悪いの？　だったら朝のお勤めはやらなくてもいいけど」

「やります！　ニコ以外に、フェリ様の朝の御髪《おぐし》セッティングは、させません！」

この屋敷に来る前からずっと、私の朝の支度は、ニコの役目だ。

ニコは自分がどれだけ体調不良であっても、この役目を決して他人に譲らないのである。

今も昔も変わらず、私に尽くしてくれるニコ。私はそんな彼女のことを、とても信頼している。

……だからこそ、気になる。

椅子に座る私の背後に、ニコが回る。

私の黒髪を梳《す》いてるニコに、問いかける。

「ねえ、どうしたの？　元気なさそうだけど」

「……ニコはですね。フェリ様が好きなのです」

……何を突然言い出すのだろう。私が好き？

「私も好きよ」

周りが私を落ちこぼれと蔑《さげす》もうと、隣に居続けてくれた娘。好きに決まってる。

でもニコは、私の言葉を聞いて、切なそうな顔をする。

「フェリ様のニコへの好きと、あの男性《ひと》へ向ける好きは、もう……重さが違うんですね」

「……？　何を言ってるの」

ニコは普段あまり抽象的な物言いをしない。嫌なら嫌、好きなら好きという。

今の彼女の発言は、ふわっとしていて、何を言いたいのかわからなかった。

「フェリ様って、ロマンス小説はあんま読みませんでしたね」

「そうね。娯楽に時間を費やすくらいなら、自分磨きをするもの」

勉強とか、研究とか。そういう自分のためになるものに、時間と労力を割《さ》いてきた。

するとニコは微笑むと、ブラッシングを中断して、私の頭を撫でる。

……なんだか不思議だ。ニコの方が私より年下なのに、お姉さんが幼い妹にするかのように、よしよしと、頭を撫でてくるなんて。

「フェリ様。これからは、もっと鏡を見ましょう」

「は、はあ……？」

「それと、恋愛小説を、い～～～～～～ぱい！　読みましょう！」

「それ……何か意味があるの……？」

鏡を見ることも、恋愛小説を読むことも、どちらも今の私には必要ないものに思えるのだけれど。

「あります！　今のフェリ様には、ちょー必要！」

……この子が私に嘘をついたり、不利益となるようなことを言ったりすることはない。

ならば、信じてあげよう。

「そうね。そうするわ」

私からの返事を聞くと、ニコは嬉しそうに笑った。部屋に入ってきた時の暗い顔はどこへやら。

私はこの子の、無邪気に笑う姿が好きだ。何を不安視してたのかわからないけれども、笑っているならそれで十分。

ほどなくして、ニコは私の髪の毛を梳《と》かし終えた。

『ふぁわわ～……フェリ～……おはよぉう～……』

ベッドに寝転がっていたコッコロちゃんが、のっそりと身体を起こす。

寝起きでもニコニコスマイルのままだ。この子ってこれ以外の表情見せたことないかも。

「おはよう。コッコロちゃん、また勝手に布団に入ってきて。駄目って言ったのに」

『あれれぇ？　そうだけっか。ボクわんちゃんだから、すぐ忘れちゃうんだわんわん♡』

都合のいいときだけ犬ぶって……まったくもう。

『ん？　フェリ。なんかお客さん来たよ』

コッコロちゃんが耳をぴくんぴくんと動かして言う。

犬（神獣だけど……）だからか、人より聴覚が鋭敏なのだろう。

「お客さん……？」

来客の予定なんてあっただろうか。

『それとあの駄犬がケンカしてる。お客さんと』

「……アルセイフ様」

何をやってるんだあの駄犬は……。もう。ほっとくとお客様に噛みついてしまいそうだ。

私は急いで立ち上がり、玄関先へと向かう。そこには、銀髪と金髪、二人の美青年がいた。

「貴様か。俺のフェリに近づくという、うす汚い野ギツネは……あいたっ」

私は強めに夫となるべき人の頭を叩く。

次いで、私はお客様に向かって頭を下げる。

「うちの次期当主がご無礼を働き、大変申し訳ありませんでした」

「いえいえ〜、気にしませんよ」

朗《ほが》らかに笑って首を横に振る。魔王カリアン様だった。

「……カリアン様？　どうして当家に？」

「先日言っていたではありませんか。聖なる力のコントロールのため、慰問活動をすると」

「はい……ですがそれは、自主練だと思ってたのですが」

カリアン様から助言を受けて、私が個人的に訓練するものだと思っていたのだ。

しかし彼は笑顔を絶やさないまま首を左右に振る。

「ワタシもご同行させていただきます」

「な!?　なんだとおお!?」

誰よりも真っ先に反応したのは、アルセイフ様だった。彼は額《ひたい》に青筋を浮かべると、私が止める暇もなく、カリアン様に詰め寄る。

顔と顔がぶつかるような距離で、二人が相対《あいたい》する。アルセイフ様はカリアン様を睨《にら》みつけている。常人なら震え上がってしまうほどの怒気にさらされても、しかしカリアン様はどこ吹く風。

「貴様……何が目的だ!?」

「魔法のレクチャー以外の何があると言うのですか？　それとも、ワタシがあなたの大事なフェリアさんと二人きりになった隙《すき》に、手を出すとでも？」

「その通りだ！　この世に存在する何よりも美しい女にマンツーマンでレクチャーするだと!?　絶対によこしまな考えがあるに決まってる！」

「ははは、面白いことを言いますね君。フェリアさんはレイホワイト卿《きょう》の婚約者。他の国に仕《つか》える騎士の妻となる女性《ひと》に手を出せば、外交問題になることは自明の理。一国の王が、そんなことをするなんて、馬鹿なこと……まさか思ってはいませんよね？」

「思ってる！」

「ほう、どうして？」

「フェリアが美しいからだ……！」

……はあ。まったく。この……駄犬は。

私は、なんだか呆れてしまった。私のことを大事に思ってくれるのは嬉しい。けどアルセイフ様の論理はあまりに幼稚だ。……カリアン様の大人の余裕を、少しは見習ってほしい。

「アルセイフ様。カリアン様のおっしゃる通りです」

「フェリ……しかし、しかしだなぁ……」

「それに、アルセイフ様。口の利き方には気をつけてください。相手は一国の王です。そんなお方に先ほどのような発言、不敬罪に問われてもおかしくはありませんよ」

「！　そ、そうか……そうだな。すまない……」

「私ではなくカリアン様に謝りましょう。私も頭を下げますから、ね？」

「う、む……すまん。いつも迷惑をかける」

迷惑？　それは別に思っていない。この人が直情型であることは承知してるし。視野が狭い猪突《ちょとつ》猛進な人だってこともわかってる。だからまあ、この程度のことは迷惑でもなんでもない、ただの必要経費みたいなものである。

「気にしないでください。さ、ごめんなさいしましょうね」

「うむ……すまなかった、カリアン」

「殿、でしょ？」

「カリアン殿……ぐぬう……これでいいか？　フェリ？」

「はい、大変よくできました」

まあなんだかんだ言っても素直な人なのだ。手はかかるけども。

「お熱いですね～♪」

「カリアン様。本当にすみませんでした」

「いえいえ、気にしないでください。冷酷なる氷帝の噂はかねがね。手のつけられぬ暴れ馬だと聞き及んでいたのですが、フェリアさんは見事に手懐《てなず》けているのですね」

暴れ馬か……イメージ的には、どっちかというと凶暴な野犬なんだけどもな。

「ふふん、だろう？」

なぜか、アルセイフ様が胸を張る。やれやれ……。

「なぜあなたが得意げなのです……まったくもう」

## ●カリアン Side

フェリアの家を訪問した、魔王カリアン。

アルセイフたちの仲睦《むつ》まじい姿を見て、心の中でほくそ笑む。

（なるほど、相思相愛ですか。しかしどちらも恋愛経験に乏《とぼ》しいと）

カリアンがここに来た理由は、いわば、敵情視察だ。

彼はフェリアの力に大変興味を持ってる。その力の器《うつわ》たるフェリアに、自分の子を産ませたいと考えていた。しかしフェリアはすでに婚約済み。しかも他国の貴族令嬢だ。そう簡単に手は出せない……と、常識人ならばそう考えるだろう。

だが、カリアンは違った。

(欲しいものを手に入れるためなら、どんな手を使ってでも手に入れる)

それが魔王。

カリアンはフェリアを手に入れるための策を考えるため、まずは一番の障害となる、婚約者アルセイフ＝フォン＝レイホワイトの様子を見ることにした。

優秀な騎士であることはすぐに理解した。

カリアンがこの屋敷の敷地に入る前に、彼は現れたのである。

普段カリアンは魔力量を制限している。それでも、アルセイフはその微量な魔力を感知して、カリアンの前に現れたのだ。なんという危機察知能力。

そして彼の立ち居振る舞いから、かなりの剣の達人であることも窺《うかが》えた。

(冷酷なる氷帝の名は、伊達《だて》ではないと……)

とはいえ、それはあくまで騎士としての能力。

人とのコミュニケーション、そして恋愛というジャンルにおいて、アルセイフはてんで素人《しろうと》だ。

(言動、精神的成熟度。騎士以外の能力はまるで駄目。これなら、簡単にフェリア嬢の心も、ワタ

シのものとなるだろう……ふふっ）

アルセイフは騎士として能力が高いが、男としての振る舞いはまるっきり失格もの。それが、カリアンがアルセイフに下した評価だった。

（この男が相手なら、今ある手札で対処可能だろう。増援なんて必要ない。最短最速で、フェリア嬢を籠絡《ろうらく》し……そして、手に入れる）

腹黒く色々考えてる間も、カリアンはいっさい笑みを崩すことはなかった。

（フェリア。ワタシは貴女が欲しい。貴女にはワタシの子を産んでもらいたい。貴女を手に入れるのは、このワタシです）

そんなよこしまなことを考えているとは、その場にいる誰もが気づけていないだろう。

……ただ、唯一。

『むぅ……嫌な匂いがすると思ったら』

神の獣たる、白い犬を除いて。

●フェリア Side

聖なる力をコントロールする術《すべ》を身につけるため、私はこの力を積極的に使っていくことにした。

この力は愛の力がないと発動しないと判明。そこで私は孤児院に慰問という形をとることで訪れ、そこで力を使うことにした。

私がやってきたのは、王都の外れにある孤児院。

ここゲータ・ニィガ王国は比較的豊かな国ではあるが、戦争や魔物によって親を奪われた子供というのは、一定数いるのである。そんな彼らのための孤児院が国内のあちこちに存在するのだ。

本当は郊外の孤児院に行きたかった。向こうの方が色々と問題を抱えてて、困っていそうだったから。

「王都の外は危険だからな。まずは王都の中からだ」

私の隣を歩くのは、アルセイフ様。

「別に危険などないですよ」

「いいや、危険だ。美しいおまえを奪おうとする悪い輩《やから》がわんさとやってくるに違いない」

「まったく、馬鹿なんですから、もう」

「愛は盲目というわけですね♪」

カリアン様が同調するように頷《うなず》く。

まったくだ。私の旦那様はちょっぴり愛が重くて困りものだ。やれやれ。

私たちが孤児院の前に着くと、シスターさんがにこりと笑って出迎えてくれた。

「レイホワイト様ですね、お待ちしておりました」

「フェリア＝フォン＝レイホワイトです。本日はよろしくお願いします」

「はい、お願いします……って、お隣の方は、どうしたんです？」

見やると、アルセイフ様は目頭《めがしら》を手で押さえていた。

「何やってるんですか？」

「……いや、レイホワイトとおまえが名乗ってくれたのが嬉しくて、感動してな」

「感受性豊かすぎでしょ……すみません、この人ちょっと馬鹿なんです」

けなす意味での馬鹿ではなく、嫁馬鹿？　ってやつだ。

「は、はあ……」

「あまり気にしないでください。それより、中に」

私はシスターさんに案内してもらい中に入る。

王都の孤児院ということで、院内は割と綺麗だった。

ここは天導《てんどう》教会という、大きな宗教組織が経営する孤児院であるからかもしれない。

「ただそれでも、資金は潤沢《じゅんたく》とは言えないのが実状です。人口は日々増加してはいますが、魔物の数もまた増えてますますので」

魔物は人を襲う凶暴な獣だ。対処する力のない人たちからすれば、災害にも等しい。そんな危険な存在が年々数を増やしてるとなると、たまったものではないだろう。

「痛ましい事態ですね」

この力……早く上手《うま》く使えるようになりたい。そうすれば、聖なる力でたくさんの人を、魔物の被害から、守ってあげられる。

「？　どうしたフェリ、考え込んで？」

きょとんとするアルセイフ様。一方で、カリアン様は微笑みながら言う。

「フェリアさんは国の未来のため、力を使えるようにならねばと決意を新たにしたのでしょう。貴族令嬢として立派な心がけだと思います」

……驚いた。

「カリアン様は人の頭の中が見えるのですか……？」

「まさか！　そんな特殊能力なんて持っていません。ただ、あなたのその憂いに満ちた美しいお顔から、そうではないかと推測しただけです」

……容姿を褒められても別になんとも思わない。しかし、私の考えを察し、肯定してくれたのは、なんというか少し心地がよかった。

「おい魔王。貴様フェリと仲良くするなよ」

……一方で、アルセイフ様はいつも通り、他人に噛みついていた。

どうやらカリアン様の名前を呼ぶのも嫌みたいで、魔王、と呼称することにしたみたいだ。

「わかっておりますよ♪」

「ならもっと離れろ！　一〇〇キロくらい！」

「それではワタシがレクチャーできないです」

……はあ。人と比べても詮無《せんな》きことですが、アルセイフ様って本当に子供だな。

まあ、私より年下だし、実際まだ子供みたいなものだけど。

いつも大人な態度のカリアン様を、少しは見習ってほしい……。そうすれば、周りも冷酷なる氷帝なんて蔑称《べつしょう》であなたを呼んだり避けたりしないだろうに。あなたが、実は優しい人だって、もっとわかってくれるのに。

「はあ……」

彼を真人間に調教……もとい、言動を正すのも妻の役割。彼がいつまで経っても子供なのは、畢《ひっ》竟《きょう》、私の教育に至らぬ点があるということ。

どうすれば彼は大人になってくれるだろうか。少し彼が態度を変えれば、みんなも彼を見る目を一八〇度変えるだろうに……。

「着きましたよ。ここが医務室です」

シスターさんに案内され、私たちは医務室の中に入る。

そこには病気で寝てる子や、怪我して治療しに来た子などがいる。

薬品棚を一瞥《いちべつ》しただけで、物資が足りてないのが見て取れた。

「えーんえーん！　いたいよぉ〜！」

子供の一人が、椅子に座りながら泣いている。どうやら転んで足をすりむいてしまったようだ。

「まあ、大変。お姉さんに診《み》せてくれませんか？」

「ふぇ……？　だぁれ？」

「フェリアです。フェリって呼んでください」

子供は警戒してる様子。それはそうだ。いきなり部外者が声をかけてきたら戸惑うのも無理はないだろう……って思っていたのだが。

どうにも怯えてる様子。

「……あなた」

「なんだ？」

子供は私ではなく、アルセイフ様を怖がっているみたい。

「どうして子供を睨みつけるのですか？」

「フェリが俺以外の男に優しくするのが、気に食わなくてな」

堂々とそんな馬鹿なことをのたまう……。

「相手は子供です。あなた顔怖いんですから、ほら、後ろ向いてて」

渋々と彼が私たちから離れる。子供がホッと安堵の息をついていた。

「ごめんなさいね。それじゃ……」

特訓を始めることにした。

カリアン様が頷いて言う。

「まずは、いつも通りやってみてください」

「わかりました」

……私はヒドラの時のことを思い出しながら、力を使おうとする。

あの際にはアルセイフ様を助けなければと必死だった。

そう……必死に、力を使うんだ！　と念じてみる。

……だがいくら念じたところで、うんともすんとも言わなかった。

「……大体わかりました。では、レクチャーを始めましょう」

やはりやり方が間違っていたようだ。正しい力の使い方を知ってる、カリアン様を頼って本当によかった。

「手を前に突き出して。体に無駄な力を入れないでください」

私は両手を前に出す。

「目を閉じて。余計なことを考えないで」

私は言われた通りにする。そっ……と誰かが肩に触れる。

え？　え？

「集中して」

「あ、はい……」

カリアン様？　どうしてか、彼が目を瞑《つぶ》る私の背後から、肩に手を触れてくる。

「おい貴さ……むぐぅう」

……アルセイフ様が黙った？　嘘、そんなことできるの？

「ぐぬぬ……フェリの邪魔は……しないぞ……！」

……ああ、なるほど。ふふ、アルセイフ様ってば、私の特訓の邪魔にならないよう、黙っててくれてるんだ。ほら、ホントは優しい人なんだ。

周りが勘違いしてるだけで。冷酷なる氷帝なんかじゃあないんだって。

「いいですよ、フェリアさん。力が発動しました」

「え、え、え!?」

「集中して。今手のひらに、温かな力を感じてるでしょう？」

「は、はい……」

た、確かに……これは、ヒドラの時にも感じた、あの力だ！

どれだけ頑張ってみても、この力の立ち上がりを覚えることはできなかった……。

「いいですか？　その力をまずは球形に留《とど》めるようイメージしてみて」

そっ……とカリアン様が後ろから、私の手に触れる。そして、手で何かを包み込むようなポーズを取らせる。

「力がさらに強くなったのが、わかりますか？」

「はい！　わかります！　さっきよりも熱くなってます！」

「魔法の力を使うときは、大きく広げようとせず、小さく、圧縮させるように、まずは留める。そ

「う……今できる限界まで、小さくしてみて」

「……カリアン様の息が耳にかかってこそばゆい。なぜそんな耳元で囁《ささや》くように言うのだろうか。

「ぎ、ぐ、ぐぐ……ふぇ、りになに……ぐぐぅ……」

もう、アルセイフ様ってば、カリアン様にくっつかれてる私を見て、動揺なさってる。馬鹿だなぁ。こんなのただの訓練ではないか。

何を取り乱してらっしゃるのだろう。ふふ……。

「いいですよ。その力を、ゆっくりと前に押し出して……さぁ、解放して」

目を閉じてるはずなのに、私には見えた。

手のひらに小さな光が浮かび上がり、それが男の子の足を照らすと……すぐに、怪我が治った。

「できた……」

信じられない！　今まで一度たりとも、思い通りに使うことができなかった聖なる力を、たった一度のレクチャーで使えるようになるなんて！

「すごいです、カリアン様！」

「ふふ、まさか一度でコツを掴むとは、さすがですねフェリアさん」

「ありがとうございます！」

そこへ……。

「おねえちゃんすっごーい！」

ぱぁ……と男の子が笑顔になる。怪我が治ったようで、ほんとよかった。

「ありがとー！」

「いえいえ、どういたしまして」

●カリアン Side

(これが精霊王の力……やはり素晴らしい……とは素直に喜べない状況ですね)

カリアンの指導で、フェリアは聖なる力を使えた……と彼女は勘違いしてる。

確かにこの力はフェリアの中にあるものだ。

しかし彼女はその力を取り出し、操ることが今までできなかった。

カリアンは力を使う方法を教えたが、肝心の、どうすれば力を内側から取り出すことができるのかまでは教えたつもりはない、というか、どうすれば聖なる力が発動するのか、カリアンには皆目《かいもく》見当がつかなかった。

(魔法使いにとって最も重要なのは精神力。思う力。相手を倒したい、敵を殺したい、そう強くイメージすることで、魔法を発動させる)

敵意を強く持てば、敵を倒す魔法の力が発動する。

相手を治したい、と強く思えば治癒《ちゆ》魔法が使えるようになる。もちろん、素質は必要ではあるが。

肝心なのは強く思うこと。

（あの男の声を聞いたことで、フェリア嬢は力が使えるようになった。つまり、あの男を想う心こそが、聖なる力の発動トリガーなのだ）

カリアンは相手の頭の中を読むこと、そして目の前の現象を分析することに長《た》けている。彼の見立てでは、フェリアが力を使うためには、アルセイフの存在が必要不可欠であるように見えた。

（解《げ》せませんね。あの男がいることで、イメージ力が増大するなんて）

イメージ力。魔法を使う上で必要な、強く思う力のこと。

どういう理屈か、フェリアは彼がいることでイメージ力が上がるようだ。

（しかしその情報を明かしてしまうと、ワタシの必要性は薄れてしまう。ならその情報は伏せておこう。あくまで、ワタシの教え方がよかったということにしておけば、彼女の中でのワタシの重要度が増す……）

カリアンは内心でほくそ笑む。一方、フェリアはアルセイフと朗らかに会話していた。

「アルセイフ様、見ててくださいましたか？」

「ああ！　凄いぞフェリ！　まるで女神のようだった！　いや、いつも女神のように美しく愛らしいから、いつも通りか！」

「もう……ほんと、馬鹿なんだから、もう……」

「いやそれにしても、凄い！　凄いぞ！　フェリ！　美しい上に治癒の力まで身につけて、最強の存在となったぞ！」

「ふふ、ありがとう」

……カリアンは小首を傾《かし》げる。

どう見ても、二人は相思相愛なのだ。

（……おかしいですね。彼の言動は粗暴で、明らかにフェリア嬢はそのことに対して不快感を覚えていたはず。しかし二人の仲は冷えていくどころか、むしろ会話するごとに熱くなってる……？

馬鹿な、どうなっている？　フェリア嬢はアルセイフのことが嫌いではないのか？）

カリアンは確かに、魔王として、策士として優れているかもしれない。

頭の中を覗くことに長けているかもしれない。

だが、心の中までは、覗くことができていない。

フェリアは別にアルセイフのことを嫌いとは思っていない。

ただ、彼の粗野な言動に辟易してるだけなのだ。

フェリアは彼の中身が、実は善良だと知ってる。優しいと知ってる。その他大勢が、彼をいくら冷酷なる氷帝と呼び、遠ざけようとも、それを知っているフェリアは、決して離れることはない。

（まあいいでしょう。少しずつ彼らの仲を引き裂けばいい。なに、相手は牙が鋭いだけの野良犬だ。そして、フェリア嬢は愛だの恋だのに浮かされるような女ではない。ならば、二人ともワタシがた

やすく支配できるだろう）
……カリアンはこの段階で致命的なミスを犯していた。
アルセイフを侮《あなど》り、フェリアを過大評価した。それが……巡り巡って彼に敗北をもたらす羽目となるのだが、それはもう少し先の話である。

●フェリアSide

力を使い、私は孤児院の怪我してる子や、病気にかかっている子らを治した。

その後、私は孤児院の厨房《ちゅうぼう》に立っていた。

「申し訳ないです、貴族のご令嬢に料理を作ってもらうなんて……」

孤児院で働くシスターさんが、ぺこぺこと頭を下げる。

「気にしないでください。これも慰問活動の一環ですから」

シスターさんは何度も頭を下げながら「ありがたいです」と胸の内を語る。

「正直大変で……」

「人手不足ですか？」

「それもありますし、何より子供の数が年々増えてきておりまして」

「魔法技術が発展したおかげですね」

農業技術にも今は魔法が使われてるらしい。

そのため、昔より食糧難で困るという事態は減ってきてるそうだ。

また、魔道具の普及により魔物を倒しやすくなったようだし。

まだまだ魔物の脅威は無視できないとはいえ、昔よりは、人々の生存率は上がってきてるように私には思える。

「フェリア様は貴族なのに、お料理までできるんですね」

シスターさんが私の作るシチューを見て、感心したように呟く。

「私は実家では厄介者扱いでしたから、ご飯は自分で作るしかなかったんです。あと一人暮らしで自炊もしてましたので」

「なるほど……とても美味《おい》しそうです」

じゅる、とシスターさんがお鍋を見つめながら言う。

「「「じゅる……」」」

振り返ると子供たちが顔を覗かせている。

「うまいやつだ」「ちょーうまいやつだ」「においだけでおなかぺこぺこだよぉ」

どうやら私の作ったシチューを今か今かと待ちわびているらしい。

今にも突撃してきそうな勢いで、子供たちが入り口でうずうずしている。

もうちょっと完成までには時間がかかる。でも危ないから子供たちには入ってきてもらいたくない。そこで……。

「あなたー」

「……なんだっ？」

アルセイフ様が凄いスピードで、厨房へと現れた。目がキラキラしている。

多分「あなた」呼びが嬉しかったのだろう。この人見た目はクールなのに、こういうところあるんですよね。

「子供たちが邪魔しないように、どこかへ連れてってください」

「承知した！　いくぞ、ガキども」

アルセイフ様に促《うなが》されて子供たちが渋々厨房の前から去っていく。

最後に彼がぎろんとこっちを見て、厨房から出ていった。

「こ、怖かった……」

「そうです？　とてもご機嫌でしたよ彼」

「え、ええ!?　ご、ご機嫌!?」

「はい。とっても」

しかしシスターさんは納得がいってない様子。そうか、傍《はた》から見ただけでは、彼の機嫌なんて普通はわからないだろう。

私も最初はよくわからなかった。でもコッコロちゃんと同じと気づいてから、わかるようになっていったな。

私たちは急いで料理の支度をする。……そういえばカリアン様はどうしてるんだろう。

アルセイフ様と一緒に子供たちの面倒でも見てるのだろうか。うん、まあそうなんだろう。

それより今はシチューシチュー。

ほどなくして。

「さ、シチュー完成です。みんなお腹空《なかす》かせてますよ」

「そうですね。では、食堂へご案内いたします」

よいしょ、と彼女がシチューの鍋を持ち上げようとする。

「一人じゃあ危ないです。台車か何かあればいいのですが」

「台車はありません……すみません……」

「そうですか。では、二人で持っていきましょう」

私とシスターさんとで、鍋の取っ手を持ち、よいしょよいしょと運んでいく。

その時だった。

「きゃっ……！」

「シスターさん!?」

突如としてシスターさんがこけた。彼女は手を離してしまう。

「あぶない……！」

熱々のシチューが顔面にかかってしまいでもしたら大変だ。やけどしてしまうだろう。そうするとここで暮らす子らにも迷惑がかかり……そして、慰問活動をすることを許可した、アルセイフ様にも面倒をかけてしまう……。

とっさに私は手を伸ばす。かっ！　と光が手からほとばしると……。

熱々のシチューが空中でぴたりと停止し、そして、鍋の中へと戻っていったのだ。

「…………何これ？」

鍋もまた宙に浮いてる。どうなってるの……？

「あいたた……って、何これ!?　すご……！　どうやったのですか!?」

シスターさんが驚愕《きょうがく》の表情を浮かべている。だが、聞かれたところで……。

「さ、さあ……？」

としか答えられない。光る鍋を前に、私たちは揃《そろ》って首を傾げるしかないのだった。

●カリアン Side

フェリアが謎の力で鍋を浮かせている。

その様子を、カリアンは物陰に隠れて見ていた。

「あれは……無属性魔法【空中浮揚《レビテーション》】か？　彼女は魔法の詠唱をしてる様子もなかったが……」

カリアンはフェリアの力を冷静に分析しようとする。目に魔力を込める。彼は特別な魔眼を持っていた。鑑定眼に近しいもの。その物体（人物）の持つ、魔力の流れを見る目。

「！　なんということだ……こんなことが本当にあり得るのか！」

カリアンが調べ、判明したことに驚愕する。と、そこへ……。

「あ、カリアン様」

「！　これはフェリアさん」

すぐさまカリアンは善人の仮面を被《かぶ》る。

この切り替えの速さが彼の武器の一つだ。

「フェリアさんが遅いからとても心配して様子を見に来ました」

「それはすみませんでした。ちょっとトラブルがあって……」

彼女と隣のシスターの間には、さっき浮いていた鍋があった。

今は光っていないが、カリアンにはわかった。

鍋の中にとんでもない量の魔力が秘められていると。

「大事ないですか？　何かお困りのようでしたら、何でも言ってください」

「ありがとうございます。ちょっとこけそうになりましたが大事ありません」

だろうな、とカリアンは独りごちる。

なぜなら、シスターを転ばせて、鍋の中身をぶちまけさせようとしたのは、このカリアンなのである。

彼はフェリアの力を試すため、風の魔法を使い、シスターを転ばせたのだ。

熱々のシチューが体にかかれば重度のやけどを負うだろう。そうすれば、彼女はきっと治癒の力を発動させるに決まっている。

魔法の力は使えば使うほど精度が上がっていく。フェリアの成長のために、カリアンはシスターを平気で犠牲にしようとしたのだ。

(治癒の力を使わせることができればいいと思っていましたが、これはとてつもない収穫ですね)

カリアンが笑顔の仮面の下で、恍惚《こうこつ》の笑みを浮かべる。

(ああ、フェリア。貴女はなんて素晴らしい女性だ。ぜひともワタシのものにしたい。ワタシの子を産ませたい……ああ……フェリア……)

ぶる、とフェリアが体を震わせる。

「どうしたのですか、フェリア様?」

シスターが心配そうに尋ねる。

「いえ、なんだか怖気《おぞけ》が……」

「どうしたぁ!? ふぇりいいいいいいいいいいいいいいい!」

彼女の前に現れたのは、足や腕にたくさんの子供をまとわりつかせたアルセイフだった。

「フェリ! どうした!?」

「それはこちらのセリフですよ、まったく……」

……呆れ果ててるような顔をしていて、その実、フェリアはとても嬉しそうに微笑んでいた。

(……一番の障害は、やはりこの猟犬か)

アルセイフ。この国に仕える騎士であり貴族。

さらに言えば、神獣を封印した一族として、レイホワイト家は国から一目置《いちもく》かれている。

また、アルセイフは最年少で王国騎士団副団長の座に昇り詰めるほど、将来を嘱望《しょくぼう》されている騎士の一人だ。そんな男から、女を奪い取るとなると、かなり骨が折れるのは明白である。

……だがカリアンは笑顔の仮面の下で、酷薄に笑っていた。

(だからどうした。ワタシは欲しいものは何を犠牲にしても手に入れる。……フェリア、貴女はワタシのものだ。もし今他の誰かのものだったとしても)

カリアンは密かに、フェリアへの執着心を強める……。

その一方、フェリアたちはというと……。

「アルセイフ様、なんだか子供に好かれてしまいましたね」

「ああ。氷の力を見たいとせがまれてな。ちょっと見せてやったらいつの間にかこうなってた」

「まあ。子供に優しくしてあげられるなんて、偉いですね」

「ほんとか！　俺は偉いか！　よし、これからは世界中の子供たちに優しくしよう！　そうすれば、フェリはもっと褒めてくれるか!?」

「はいはい、褒めてあげますから、子供だけでなく、人全体に優しくしてくださいね」

「うぉお！　フェリからのご褒美のため！　俺は優しい人間となるぞぉ！」

二人のやりとりを、シスターは微笑ましげに見守っている。

カリアンも表面上は笑顔だが……。

（ま、今は仲良くしているがいい。ワタシは必ずおまえから女を奪ってみせるぞ、アルセイフ＝フォン＝レイホワイト）

●フェリアSide

食堂へ行くと、たくさんの子供たちが、お腹を空かせて待っていた。

……王都には、こんなに親がいなくて困っている子供たちがいるんだ、と思うと胸が痛くなる。

せめて私の作ったご飯で、少しでも彼らの心を癒《い》やすことができればいいな。

「はーい、今日のごはんは、フェリア様が作ってくれたシチューですよー」

「「わーーーー！　おいしそーーーー！」」

私と彼は配膳のお手伝いをする。

でも意外だった。アルセイフ様はこういうこと、しないものだと思っていたのだが。子供が苦手とばかり。

結構率先して、子供たちにシチューをよそっている。

「あるしぇーふさま、もっとたくさんついでー」

さっきアルセイフ様にくっついていた子供の一人が、彼にそんなふうに要求をする。

冷酷なる氷帝の名を知ってる者が、この現場を見れば、青ざめた表情になるだろう。

しかし相手は無垢《むく》な子供。アルセイフ様に対して恐れとか、遠慮とか、そういうのを抱くことはない。

「一人だけ大盛りにするわけにはいかん。全員に平等に分配しないといけないからな。我慢しろ。貴様より幼い子らが腹を空かせてもいいのか？」

「うーん……わかった、がまんする！」

「それでいい」

……なんと意外や意外。彼って結構子供に優しいんだ。へえ……。ちょっと見直したな。いつまでもワガママなくそガキだと思ってたけど。なんだ、子供相手ならお兄さんできるんだ。

「む？　どうしたフェリ？　嬉しそうに笑って」

「え？　笑ってました？」

「ああ……くっ！　失神するとこだった……」

「もう……バカなこと言ってないで、手を動かしてください……」

彼はその後もキビキビ働いた。そこも偉いなって思ったな。

……そういえば、カリアン様も同じくシチューをよそう作業を手伝ってた。けど、子供たちはあんまりカリアン様には近寄ろうとしなかったな。どうしてだろう？

ほどなくして、私のシチューがみんなに行き渡る。

私は隅っこの席に、アルセイフ様と座っている。

「それじゃ作ってくださったフェリア様と、主《しゅ》たる神に感謝して……いただきます」

「「「いたーきまーす!!!」」」

子供たちがまず一口、食べる。どうだろう。気に入ってくれるだろうか。

アルセイフ様が私を見て、ぎゅっ、と手を握ってくる。彼を見上げると、ふっ、と笑ってくれる。

多分私の不安を察してくれたんだろう。……嬉しいな。少しずつ、こちらの心の機微を汲《く》んでくれるようになっている。それがわかって、嬉しいんだ。

「「「うまぁあああああい！」」」

子供たちが一斉に、花が綻《ほころ》ぶような笑みを浮かべる。

「うんめー！」「こんなうめーのはじめてだー！」「うましゅぎるぅうう！」

よかった、喜んでくれてるようだ。

彼も私を見下ろして笑い、そして少し胸を張る。

「おにーちゃんのおねーちゃん、めっちゃ料理上手ねー！」

アルセイフ様の前に座っていた子供が、彼にそう言う。

彼は嬉しそうに笑って返す。

「当然だ。俺のフェリは完璧だからな」

「こ、子供相手に何のろけてるんですかっ。まったく……もう……まったく……」

いやだ、顔がなんだか熱い……。

するとアルセイフ様が心配そうな表情をしながら言う。

「嫌だったか？」

「ずるいですよその言い方。もう……」

まあ何にしても、子供たちに気に入ってもらえてよかった……。

と、その時だ。

「うぉお！　なんか……すげー！」

子供の一人が声を上げる。なんだと思っていると、その子の体が輝いていた。

痩《や》せ細っていたその子の肌がみるみるつややかに、みずみずしくなる。

「なんか元気出たー！」「すげー！」「元気もりもりでーす！」

他にも……。

「大変ですシスター！　病気や怪我で寝込んでた子供たちが、みんな一斉に元気になりました!!」

大慌《おおあわ》てで食堂に入ってきたシスターさんがそう報告する。

子供たちの体が次々と光りだし、活力に満ちていく。

「何が起きてるんでしょうか？」

「フェリのおかげだろう」

誰より早く、きっぱりと、アルセイフ様が断言する。

「さすがフェリだな。うん、やはり俺のフェリは素晴らしい」

しかし……ううん、これはどういうことなんだろう。

一緒になってシチューを食べてるカリアン様に尋ねる。

「どう思われます？」

「そうですねえ……恐らくですが、先ほどフェリアさんが鍋を浮かせたときに、聖なる力が、シチューに付与されたのでしょう。結果、それを摂取した子供たちにも力が宿ったと考えるのが妥当《だとう》ではないかと」

なるほど……。物に魔法を付与する技術がこの世には存在する。それと同様に、シチューという物体に、私の魔法を付与した……ということか。

「では、例えば井戸に私の癒やしの力を付与できれば、その水を飲んだり浴びたりするだけで、私がその場にいなくても、怪我人や病人を治せる……ってことですね」

「その通りです。さすがフェリアさん。なんと高い理解力でしょう」

そう。このやり方なら、より多くの人のために力を使える。

貴族令嬢として、騎士の妻として、世のため人のために力を使うのは当然のこと。

「カリアン様……次は、物に魔法を付与する特訓がしたいです」

「わかりました。では練習のメニューを考えましょう」

「はい！」

ああ、やっぱり指導役《カリアンさま》が傍にいてくれてよかった。

私一人では力の正体にも気づけなかっただろうし、練習方法も思いつけなかっただろう。

「フェリ」

ぐいっとアルセイフ様が急に近づいてきて、くっついてくる。

どきっ、と心臓が高鳴り、私は思わずぐいっと彼を押しのける。

「な、なんですか急に。食事中ですよ……」

「フェリ。あの男とばかり仲良くするな」

「子供……」

なんて子供なのかしら、この人ってば……もう……。

「カリアン様の爪の垢《あか》でも煎《せん》じて飲んでほしいくらいですよ」

「そんな特級汚物を俺に飲ませるな！」

「こら、失礼ですよ。魔王様相手に」

「がるるるう……」

敵意剝《む》き出しのアルセイフ様。一方でカリアン様は終始にこやかに笑っている。

……私は、育ちの悪い野良犬と、裕福な家庭で育てられた血統書付きの犬の二匹が睨み合ってる。

そんな場面を想像してしまった。

カリアン様ってゴールデンレトリーバーっぽいんだよな。

「ワタシは気にしませんよ。犬に吠えられるくらいどうってこともありません」

カリアン様がアルセイフ様を見て言う。

「なんだ貴様？　俺が犬だというのか？」

「ええ♡　フェリアさんもそう思いますよね？」

「何!?　フェリは俺を犬だと思ってるのか……!?」

アルセイフ様なんだかすっごく驚いてるのが……おかしくて……く……。

「え、ええ……まあ」

「そうか……ふっ。フェリの犬か……俺は……ふふっ。悪くないな」

「は……？　意味不明なんですけど……」

「フェリに愛玩《あいがん》されるのも、悪くないなと思ってな」

目を閉じて、楽しそうに笑うアルセイフ様。犬耳と尻尾を生やしたアルセイフ様が、私に膝枕《ひざまくら》されてるイメージを思い浮かべる。いや、膝枕はしたことあったな。今になって考えれば、なんであんな恥ずかしいこと、以前はできたんだろう……。でもまたやってみたいな……。

はっ、と私は周りの視線に気づく。

シスターさんはなんだか微笑ましいものを見る目をこちらに向けていた。

「って、何を変な妄想してるんですかっ。膝枕なんて！」

「？　膝枕？　なんのことだ？」

し、しまった。アルセイフ様を膝枕するのは、私の妄想。

つまり私もまた、彼と同様に、アホなことを考えていたとバレてしまう。

「なんでもありませんっ。最近のアルセイフ様は意地悪です」

「な、なんだと!?　フェリ……！　俺はおまえを無自覚に傷つけてたっていうのか!?　す、すまん！」

アルセイフ様がガバッと頭を下げる。

「別に傷つけられたわけではありません」

「で、では……意地悪というのは？」

「答えたくありません。自分で考えてください」

私が恥ずかしい妄想をしていたことを白状させようとするなんて、まったく、なんて男性《ひと》だ。

「教えてくれ、フェリ！　おまえの言うことなら何でも聞く！　至らぬところがあったら言ってくれ！　全身全霊をかけて改善してみせるから！」

「人に頼らず、少しは自分で考えてみてはいかがですか？」

「そんなぁ……」

……ちょっと意地悪だったろうか。いやでも、私ばかり最近、なんだかアルセイフ様に動揺させられっぱなしだったから。お返しである。

●アルセイフ Side

フェリアが王都内の孤児院を慰問した、その日の夜。

アルセイフはレイホワイト邸の祠《ほこら》の中にいた。

屋敷に帰るなり、コッコロちゃんから呼び出しを食らったのである。

無視してもよかったのだが、今、彼は話し相手が欲しかった。

アルセイフは今日あったことを、神獣コッコロちゃんに話す。

「ということがあったのだ……む？　どうした犬？」

コッコロちゃんはアルセイフに背中を向けて、丸くなる。後ろから見ると大きな綿菓子に見えた。

『けっ……のろけかよ。死ねよ』

いやに辛辣《しんらつ》な口調だった。不機嫌さを隠そうともしていない。

一方アルセイフは不思議そうに首を傾げる。

「この話のどこにのろける要素があるんだ……？」

フェリアをただ怒らせてしまった、という話のつもりだった。

だがそれはアルセイフがそう思っているだけなのである。

『そういうとこがむかつくんだよ！　あー……フェリ～。ボクのフェリ～。どうしてこんなのを好きになってしまったのだよぅ～……ボクの方が何万倍もいいオスなのにぃ～……』

「フェリは俺のこと好きなんだろうか。最近、自信がなくなってきた」

するとコッコロちゃんが顔だけこちらに向ける。怒ってる……というよりは呆れている様子。

『君……バカ？』

「失礼だなこのくそ駄犬」

『なんだとぉ！』

「なんだ？　やるか？」

コッコロちゃんの身体が光り輝くと、そこには犬耳を生やした白髪の美青年がいた。

神獣は人間に変化《へんげ》できるのだ。

「むかっ腹が立ってるんだ！　八つ当たりさせてもらうぞぉ！」

コッコロちゃんはアルセイフに飛びかかる。

だが彼は……これまでみたいに剣を抜かなかった。

コッコロちゃんの爪が……彼の顔の前で止まる。

「……なんで剣を抜かないの？　弱い者いじめするなって、フェリに言われてるから？」

コッコロちゃんは疑問を口にする。だがそこには、わからないから聞く、というよりも、そうじゃないとわかってるけど、あえて聞くような……。そんな、確認のニュアンスがあった。

アルセイフは首を横に振る。

「いや、ただ、フェリの悲しむ顔が頭をよぎったからだ」

最近、アルセイフは何かをするとき、もし、こうすることでフェリアはどう思うだろうか、という思考を抱くようになっていた。

コッコロちゃんに剣を向けたら、フェリアはきっと悲しむ。大事な愛犬を傷つけたから、という理由ももちろんあるだろう。しかし。

「騎士たるもの、剣は人を守るために振るうべき。私情で剣を抜くのは愚かなことです……と、あいつなら絶対そう言うだろうから。俺は……フェリを失望させたくないんだ」

アルセイフは、笑っていた。愛する未来の妻の顔を思い浮かべるだけで、彼は幸せな、穏やかな気持ちになれる。

彼女と出会う前の自分は、やたらといらついていた。目の前にある全て、世界が気に食わなかった。彼が守るべき弱者は、みな強くなろうとしない怠《なま》け者。強くなりたいなら強くなろうとすればいい。どうしてそんな簡単なことができないのだろう……と。昔の彼はそう思っていた。

でも今のアルセイフは違う。

『フェリと出会って……変わったんだね、君』

いつの間にかコッコロちゃんは犬の姿に戻っていた。

いつもの笑ってるような顔をしている。

だがこの時は、どこか……寂しそうに、笑っていた。

『君、成長したよ。君は自覚ないだろうけど、ボクは小さい頃から君を知ってる』

コッコロちゃんはレイホワイト邸にずっと封印されていた。

アルセイフがどういう子供で、どういう性格で、そして、どうして冷酷なる氷帝と呼ばれるようになったのかも。

『君は自他との境界線が薄い子だった。自分にできることは他人にもできるってそんなふうに考えていた。でも……フェリと出会って、自他の線引きができたんだね』

「……？　バカみたいな顔してるわりに、ムズカシイ言葉を使うな貴様」

『うるせえ。黙って聞けアホの子』

普段だったら、この犬に嚙みつかれたら、嚙みつき返していた。でも今のコッコロちゃんは、真剣に言葉を伝えようとしているのがわかった。だから、黙った。

『君は変わった。多分、自分の意志の力では、どうすることもできない人もいると知ったからだ』

「フェリのことだな？」

『うん。そうでしょ？』

「ああ……そうだな」

いつもフェリアに好かれたいと考えている。でも何をやっても失敗してしまう。

フェリアを怒らせるつもりはないのに、怒らせてしまう。逆に意識せずやったことで、彼女が喜ぶこともある。

「フェリのことを知れば知るほど、わからなくなる」

ふっ……と彼は笑っていた。わからない、と言いながらも、しかしどこか楽しそうだ。

『フェリと出会えて、君は幸運だったね』

「ああ。今はフェリのおかげで毎日が楽しい。もうフェリのいない世界を想像できない」

寝ても覚めても彼女のことを思い続けている。フェリアのおかげで彼の人生は潤《うるお》い、世界は光に満ちているように見えた。

彼の、世界を見る目が変わった。……その目を見て、コッコロちゃんはアルセイフに言う。

『君、さっきフェリが君のこと好きかどうかって言ってたね』

「ん？　ああ」

『それさ、もしフェリが君を好きじゃあなかったら、どうするつもりなの？』

コッコロちゃんの質問は、彼にとって、とても簡単な質問だった。

「関係ない。フェリが俺のことを嫌いだったとしても、俺が、彼女のことを愛おしく思う気持ちは揺るがない」

彼女が自分を好きだろうと、嫌いだろうと、フェリアへの想いは変わらないのだ。

コッコロちゃんは『そっか……』と呟く。

少しの間、目を閉じた後に言う。

『君と、友達になってあげてもいいよ』

……今までコッコロちゃんは、アルセイフのことを目の敵《かたき》にしてきた。

しかし今、友達になってもいいと提案してきた。

「急に、どうした？　何が目的だ？」

アルセイフからすれば、自分をずっと敵視してきた存在が、急に友好的な態度を取ってきたのだ。

何か裏があると、そう疑った。

『ボクは君と仲良くしようって言ってやってんの』

「偉そうに」

『君、ボクが偉大な神獣さまだってこと忘れてない？』

「俺にとって貴様はフェリの飼い犬だ」

『ああ、そうだね。だからさ、飼い犬同士、仲良くしようよ』

……コッコロちゃんは真剣に自分を見てきた。その細められた目の奥には、相手をだまそうとか、利用しようとか、そういう悪意は窺えない。……あの男と違って。

……とはいえ、今までずっといがみ合っていた相手、すぐにはい仲良くします、と切り替えることは難しい。何か、大義名分的なものが欲しかった。

そこでふと、アルセイフは気づいたことを口にする。

「最近フェリに妙な虫がついてな」

『虫？　それって、最近フェリの近くにいる、魔力量の多い男のこと？』

「なんだ、貴様も知っていたか。魔族国から来たカリアンという男だ。魔王らしい。そいつは今、フェリに魔法を教えてるのだ」

『魔王……なるほど。道理で尋常《じんじょう》じゃあない魔力を帯びてるんだね』

「ああ……。しかし貴様、カリアンに会ったことないくせに、なんで知ってたんだ？　あいつのこと」

『ん？　簡単さ。フェリの髪の毛から、魔力量の多い男の匂いがして……って、なんだよ』

さしものアルセイフも、コッコロちゃんの発言にドン引きしていた。

「貴様……気色悪いぞ。他人の髪の毛の匂いを嗅《か》ぐなんて」

『飼い犬が飼い主の匂いを嗅ぐくらい普通だろ。スキンシップ的な。君はしないの？』

「そんなことはしな…………」

……フェリアを好きと自覚した直後くらいに、同じことをしたことがあるような気がする。

「したな。でもそれ以上のスキンシップはしてない。キスとハグと膝枕くらいか。……それも、なぜか最近は全然してくれないが」

フェリアが単に照れるようになったからなのだが、アルセイフはそれに気づいていない。

『ま、明日から少しずつ軽いスキンシップを増やしていくがいいさ』

「ふっ……まったくこの犬は、偉そうに……」

『だから偉いんだってボクはっ。……ふふふっ』

二人は気づけば笑っていた。二人の……いや、一人と一匹の間にあったわだかまりは解消されたのである。

『ボクは君をフェリの男として、認めてあげるよ、アル』

「そうか。ありがとな、コロ助」

『コロ助って……ボクにはコッコロちゃんっていう可愛い名前があるんだけど？』

「男が『ちゃん』とか言えるか」

『あ、そう……じゃあいいけど。コロ助で。んじゃ、しゃがんで』

以前なら、なぜ命令に従わねばいけないのだと反発していた。でももう、この犬に対して、反抗する気は起きない。アルセイフは言われた通りしゃがむ。

『汝《なんじ》に神獣の加護を与えん』

コッコロちゃんは鼻先を、とん……とアルセイフの右手の甲に当てる。すると彼の右手が白銀色の光に包まれる。次の瞬間、彼の右手には、一振りの美しい、青いバラの装飾が施《ほどこ》された片手剣が握られていた。

『神獣の剣《つるぎ》。魔を祓《はら》う特別な武器さ』

アルセイフは剣を鞘《さや》から引き抜く。恐ろしく軽い剣。

だがしっかりと手になじむ。刀身には驚くべき量の魔力が秘められていた。

確かに、この剣があれば、どんな敵も、困難も、打ち払うことができるだろう。

「前にも貴様から力をもらったような気がするが」

『あれは仮契約さ。今回は本契約。君を心から認めた証がその剣だよ』

「そうか……」

『あ、その剣は使うのに力を溜め込んでおかないと駄目だからね。普段はあんま使わないこと』

「……それを早く言え」

『ごめんごめん。去れ、と言えば剣は魔力に変換されて、自分の体の中にしまわれるから。やってみて』

アルセイフが言われた通りにする。神獣の剣は青く輝き、手の中から消える。

『使い勝手は悪いだろうけど、その剣はアルとフェリを守ってくれるよ』

この犬はどうやら、本当に自分を認めてくれたようだ。主人を奪った不埒《ふらち》な男から、一段上の存在にしてくれたようである。

「ありがとう。コロ助」

『ふ……フェリに感謝するんだよ』

「ああ。言われるまでもない」

レイホワイト家は代々、神獣を封印してきた。裏を返せば、神獣が強力すぎて、手懐《てなず》けることができなかったということ。しかし今ここに、神獣と和解した、レイホワイト家初の男が爆誕した。

その事実は後世に偉業として伝わることになる。

そして史書にはこう記されることになるのだ。

『冷酷なる氷帝は、妻のおかげで、神獣を恭順《きょうじゅん》させることに成功した』と。

# 三章

●フェリア Side

慰問《いもん》活動を始めてしばらくが経過した。ある日の午後。

「ふぅ」

レイホワイト邸の私の部屋にて。

私は机の前で書き物をしていた。手に持っていたペンを、机の上に置いて溜め息をつく。

「どうした、フェリ？」

「アルセイフ様……」

彼はノックもせず部屋に入ってきたようだ。時々そういうことをする。その都度《つど》注意してるのだが、私はこの日、それができなかった。

「元気がないぞ？」

「……そんなことないですよ」

確かに気がかりはある。でもそれは弱音だ。他人に言うのはためらわれる。

「大丈夫ですから」

「……フェリ。ちょっと来い」

「え？　きゃっ！」

アルセイフ様が私の手を取って、立ち上がらせる。

きゅ、急に彼が手を掴むものだから、ドキドキしてしまった。

「は、放してくださいっ」

掴まれてる手から、この胸のドキドキが伝わってしまう気がして、嫌だった。……なんでかわからないけど、とにかく嫌だ。

「駄目だ。そんな顔したおまえを見ていられない」

……どんな顔をしてたんだろう。でも、鈍《にぶ》い彼が気がつくくらいなのだ。多分、相当思い詰めてたんだろう。いけない。感情を表に出すだなんて、未熟なことをしてしまった。淑女《しゅくじょ》失格である。

「今日は休日だ。おまえも休め」

「……でも」

「いいから。行くぞ」

彼が私の手をしっかりと握り、歩き出す。力強く進むその姿はとても頼りがいがあるように見えた。結局、わたしは彼の手を振り解くことはできなかった。

彼に甘えたいって、そう思ってしまったのだ。

◆

私たちは馬車に乗って、王都から少し離れたところにある森に来ていた。

「少し歩こう」

「え、ええ……」

馬車から降りた私たちは、手を繋いで、森の中を歩く。

ここには人目がないから、普段より楽に手を繋げた。

静かな森だ。木々の擦《こす》れる音と、小鳥のさえずりしか聞こえない。

「森って……大丈夫なんですか？　魔物とか危険な動物とか出るのでは？」

「ここは魔物除《よ》けのまじないが施《ほどこ》されてるからな。それに肉食獣も冒険者があらかた狩り尽くしてるため、この森には出ないから安全だ。だから若いカップルがよくここを、デートスポットとして利用してるそうだ」

「へえ……物知りですね」

「まあ、部下の受け売りなのだがな」

「へえ……部下とコミュニケーション取れるようになったんですね」

昔はハーレイさん以外の部下の方とまともに話せない人だったのに。

「ああ、フェリのおかげだ」

「私？　何もしてないですけど」

「そうだな。おまえは何もしてないな」

「ふっ……なんですかそれ。変なアル様」

すると彼が、本当に嬉しそうに笑ってくれた。……どきっ、また心臓が飛び跳ねる。

「よかった。やっと笑ってくれた」

「え？」

「ニコやコロ助から聞いたぞ。おまえが……最近思い悩んでるようだと」

コロ助とはコッコロちゃんのことらしい。

私が知らない間に、二人は仲良くなっていたのだ。

私の傍《そば》にいる子らが、彼に私の様子を伝えていたのか。

「何をそんな思い詰めてるのだ？」

「………言いたくないです」

子供のように、そんなことを言ってしまう……そんな自分に驚いていた。普段の私なら、なんでもないですと、相手に気取《けど》らせないような言葉を選んでいただろう。

それが、なんだ。言いたくないだなんて。

まるで構ってほしくてたまらないようではないか。

「フェリ。俺を頼ってくれ。確かに俺はまだ未熟者だ。いつもおまえに助けられている」

「そんな……私何もしてないですよ」

「いや、おまえがいてくれるから、部下と話すことができる。おまえがいるおかげで、冷酷なる氷帝《ひょうてい》としてではなく、アルセイフ＝フォン＝レイホワイトとして、社会に関わることができている」

彼が跪《ひざまず》いて、私を見上げる。その透き通った瞳に思わず吸い込まれそうになる。

「俺を頼ってくれ」

「…………」

そういえば、自分から人に頼ったことはなかった気がする。今回の力のコントロールの件についても、あれはサバリス教授から提案してくれたこと。

本当の意味で、自分の意思で、誰かに頼るようなことは、今までしたことはなかった。

私は落ちこぼれ令嬢として、幼い頃から、両親から見放されていたから。

人に頼ろうとは思わなかった。頼れなかった。頼る相手が、いなかった。

……でも、今は違う。

そうだ……私には、彼がいるんだ。将来夫となるべき人が。

「……ほんとにいいのですか？」

気づけば、私はそう言っていた。

「ああ。頼ってくれ。俺に寄りかかっておくれよ、俺の愛《いと》しい女性《ひと》」

気づけば目の端に、涙が浮かんでいた。悲しいからではない、ほっとしたんだ。

私は彼の胸に寄りかかる。……周りに人がいなくてよかった。

こんなとこ、誰にも見られたくなかった。こんなふうに、弱い姿を誰かにさらしたくなかった。

でも……今はいい。彼にならば見られてもいい。彼だけには……私の背負う荷物の重さを、共有してほしかった。

「……聞いてくれます？」

「ああ。もちろん。っと、その前に少し場所を変えるか」

「え？　……ひゃっ！」

彼は私の膝裏《ひざうら》と背中に手を回し、軽々と持ち上げた。……これは、巷《ちまた》で噂の、お姫様抱っこではないだろうか……？

「あ、あの……ちょっと……」

恥ずかしいんですけど……。という言葉はしかし、私の口から出る前に消えてしまった。

……彼がすぐ近くにいる。彼が私を抱き上げてくれている。

それがあまりに心地よすぎて、もう少し、こうしていたかったのだ。

「どうした？」

「……いえ、別に」

私は昔より弱くなってる気がする。

氷の令嬢なんて呼ばれていたくらいだ。

でも今は、周りの目にはどう映るだろう。殿方にお姫様抱っこされ、顔を赤らめるなんて……。

いや……でも。今はいいか。周りに人もいないことだし。

彼に寄りかかっていたいから。

◆

ほどなくして、私たちは森の中の開けた場所までやってきた。

そこは少し広めの湖があった。湖畔《こはん》に腰を下ろす私たち。

私が座る前に、彼がハンカチを広げてくれたのを見て……本気で驚いた。

「そんなの誰から習ったんですか？」

「ハーレイだ」

「ああ……ほんと、ハーレイさんには感謝してもしきれませんね」

冷酷なる氷帝が、私と出会う前に王国騎士団をクビにならずに済んだのも、きっとコミュニケーション能力の高い部下（ハーレイさん）がいてくれたおかげだろう。

「そうだな。俺はコミョウだしな」

「は？　何言ってるんですか？」

「む？　いや、コミュニケーションが苦手なやつを、こ……こ……ええと。コショウだったか？」

「コミュ障でしょう？　なんですかコショウって。香辛料《こうしんりょう》じゃあないですか」

「ああ。そうだな。ダメダメだな俺は」

「ええ、ほんと。ダメダメです」

彼にズバズバものを言っても怒られることはなかった。むしろ嬉しそうに笑ってくれる。

「フェリ、おまえのその、すぐめそめそしないところは大好きだ」

「ど、どうも……」

好きという言葉の重みが、前より増した気がする。

言われるたび、私はドキドキしてしまう……。

「だが、いいのだ。気持ちが落ち込んだときは、話してくれても。何も頼ってくれないのは、却《かえ》って心配になる。俺に頼りにするだけの甲斐性がないのではないかってな」

この人も、そんな普通のことを気にするんだな。

……なんだろう。ますます、傍にいたくなる。

私は彼に肩を寄せる。くっついてると、なんだか落ち着く。

「それで、悩みとはなんだ？」

弱音を吐くことへの抵抗感は覚えなかった。思ったよりもするっと、私の口から悩みが出る。

「聖なる力を、未《いま》だ思いのままに発動できないのです」

カリアン様の指導の下《もと》、私は慰問活動を続けている。

聖なる力を発動させられはする。しかし……できる時と、できない時があるのだ。

できる時は何の苦労もなく、逆にできない時はいくら試行錯誤しても、発動しない。

「やはり私は落ちこぼれ令嬢……」

「フェリ。そんなふうに、自分を卑下《ひげ》するな」

そっ……と彼が私の肩を抱き寄せる。

さらに、距離が近くなる。前は嫌だったのに、今は全然そうではなかった。

人前ではないからだろうか。……わからない。でも、彼との距離が近いことに、私は心から、安らぎを覚えていた。

「もし世界中のやつら全員が、おまえを役立たずだの落ちこぼれだのと言ってきても、俺は、俺だけは、決しておまえを否定しない」

……ああ。彼の言葉が、すっ……と胸に沁《し》みていく。

ずっと私は一人だった。

妹から馬鹿にされ、親からも見放され、私は幼い頃から孤独を抱《かか》えていた。

ニコやコッコロちゃん、サバリス教授に、学友たち。

成長するにつれ、私に優しくしてくれる人たちは少しずつ増えていった。

でも、彼らは、私が貴族令嬢だからとか、そういう理由で優しくしてくれるんだって、そう思ってた。

真に私の孤独を、無条件に、癒やしてくれる人はいなかった。……でも彼は違う。

彼は肩書きで人を評価しない。そんな彼の言葉だからこそ、信じられた。

他者にこびへつらうことなく、孤高を貫《つらぬ》く、冷酷なる氷帝の言葉だからこそ、私に届いたのだ。

「ありがとう……ございます……」

彼の傍に、もっといたい。私のことを優しく抱き留めてほしい。

その時だった。

「GYROOOOOOOOOOOO！」

「！　あぶない、フェリ！」

どんっ、と彼が私を突き飛ばす。その左腕を、何かが貫いた。

私は見た。湖から、巨大なモンスターが顔を覗《のぞ》かせていたのだ。

「ミズチ……？」

魔物図鑑で見たことがある。巨大な、水の蛇のモンスター。ミズチ。

沼や湖に棲息《せいそく》する、凶暴なモンスターだ。

しかしここは、魔物が出ないのではなかったのか……？

「！　アルセイフ様、血が！」

彼の左腕からは出血が見られた。……どくんっ、と心臓が体に悪い跳ね方をする。

……ヒドラに彼が襲われた際のことが、嫌でも思い出された。

魔物に襲われて、アルセイフ様が死にかけた、あの時。

「くっ！　魔物め！　神獣の剣《つるぎ》で一刀両断にして……」

私は立ち上がる。唐突に理解したのだ。

力の、使い方を。

「フェリ？」

「消えなさい」

ぱきぱき、と私の周辺に氷雪交じりの突風が吹いた。

ぱきぃいいいんっ！

……一瞬でミズチが凍りつく。そして、粉々に砕け散ったのだ。

「す、すごい……フェリ。ミズチはAランクのモンスターで……」

「そんなのどうだっていいんです。腕を出しなさい」

「え？」

「早く！」

私は彼の左腕を手に取る。そして、右手を患部にかざす。

「………」

やっとわかった。力の使い方。

彼を治したい。そう強く願う。彼のために力を使う。そして、彼が元気になる姿をイメージする。

……それだけで、一瞬で傷が塞《ふさ》がったのだ。

「す、凄《すご》い……フェリ……これは聖なる力。おまえ、ちゃんと使えたじゃないか。よかった！」

……無邪気に喜ぶ彼の笑みを見て、私はその場にへたり込む。

「どど、どうした!?」

「いえ……ちょっと……気が抜けたというか……」

私の隣に彼もしゃがみ込む。

そして肩を抱いてくれた。……ああ、落ち着く。彼の隣は、こんなにも落ち着ける場所だったなんて、知らなかった。

「フェリ。一体どうやったのだ？　おまえは連続で力を使ってみせたぞ？」

「……どうやらこの力、思いの力に反応するみたいです」

「思い？」

「ええ。相手への、強い思い」

そして私の場合は、隣にいる、彼を愛おしく想う気持ち。

そうだ。サバリス教授もおっしゃっていたではないか、愛の力って。

その通りだったのだ。

ヒドラの時もそうだった。彼を守りたい、彼を助けたい、そう思いを強くすることで、力は発動できた。彼の腕を治すとき、私は元気になった彼を想像した。

「イメージか……。しかし慰問活動の時、力を発動できたり、そうじゃなかったりしたのはどういうことなんだろうな？」

「……そ、それは」

今の私には答えがわかっていた。

慰問活動の時、彼は毎回ついてきてくれていたわけではない。

騎士としての仕事があって、同行できないこともあった。

そんな日は、力を使えていなかった。つまり……私は、彼がいることで、安定したイメージを保てていたのだ。

……愛の力。

彼を、愛おしいと思う力。愛する人が傍にいるから力が使えて、逆にいないと不安になって、魔法発動に必要なイメージ力を保てなくなり、力を使えなかった。

……それが、全てだったのだ。

「なぜ使えなかった……？」

愛するあなたがいないからだなんて、恥ずかしくて、照れくさくて……。

「知りませんっ」

つい、そんなふうに言ってしまった。

でも私の突き放した言い方にも、彼は笑ってくれる。

「なんにせよ、フェリがコツを摑めたようでよかった。おまえの笑顔が見れて……何よりだ」

外では、険《けわ》しい表情の彼が、私の前だけでは笑顔を見せてくる。

……そこに優越感めいたものを覚える。私は、ああ、私は……。

気づいてしまった。最近の不調の原因について。

わからされてしまった。

「どうした？　顔を赤くして」

「……なんでもありませんよ、ばか」

●カリアン Side

一方魔王カリアンは、サバリスに手配させたホテルの一室にいた。

彼は部屋にいながら、使い魔の目を通して、フェリアたちを監視していた。

「素晴らしい。あの破壊力、そして治癒《ちゆ》の力。ふたつの相反する力を、自在に使い分けができるなんて。やはりフェリア……おまえはワタシの子を産むにふさわしい器《うつわ》だ」

『兄上。見張りは継続いたしますか？』

二人を見張らせている、弟《つかいま》からの通信。

「そうですね。召喚獣にその場は見張らせ、おまえは入れ替え転移《キャスリング》を使って戻ってきなさい」

『わかりました』

入れ替え転移とは、召喚術師の技の一つ。

呼び出した使い魔と、自分との位置を入れ替える技術だ。

召喚術師である、弟のヴァンが一瞬で、カリアンのもとへと転移してくる。

「ヴァン。こちらへ」

ちょいちょい、とカリアンが笑顔のままで手招きをする。

褒《ほ》められると思ったのか、ヴァンもまた嬉しそうに相好《そうごう》を崩し、近寄ってくる。

しかし待っていたのは鉄拳制裁。ばきぃい！　という音と共に、ヴァンが後ろに吹っ飛ぶ。

「ミズチなんて生ぬるいものを呼び出してどうするのですか？　ワタシは、あの男を殺すよう命じましたよね？　ミズチで殺せるとでも？」

「も、申し訳……ありません」

「謝らなくていいです。ミズチを呼び出した理由を聞いてるのです。あなたはもっと高ランクのモンスターを召喚できるでしょう？　どうして、Aランクのモンスターなどにしたのです？」

「そ、れは……」

弟がぐしゃり、とその場に倒れ込む。見えない何かが、ヴァンの体にのしかかってるようだ。

ばきばきべき、と弟の体から何かが壊れる音がする。

「も、申し訳……ありま……せん……」

弟を、肉親を、痛めつけているというのにしかし、カリアンは表情一つ変えない。

これは罰なのだ。命令に背《そむ》き、こちらの意に沿わぬ動きをしてみせた、駒《おとうと》に対する。

くんっ、とカリアンが指を上に向ける。

ヴァンの首に見えない何かが巻きついて、彼を空中に持ち上げる。

何かに首を縛られ、宙吊りにされる形となる。

弟の顔色がみるみるうちに青ざめていく。

「答えなさい。どうしてアルセイフを殺せる召喚獣を呼び出さなかったのです？」

「フェリア……様に、被害が、及んではいけないと……思って……」

なるほど、とカリアンが頷《うなず》く。

ぱっ、と弟の首に巻かれていたそれが消える。

ヴァンはその場にしゃがみ込み、げほごほっ！　と激しく咳《せ》き込む。

「確かに強い魔物は制御が難しい。アルセイフを殺すに留《とど》まらず、フェリアにまで被害が及ばぬようランクの低い魔物したということですか」

「は、い……」

「まあ、いいでしょう」

ヴァンは兄のために動いた。兄の欲《ほっ》するあの女、フェリアを傷つけないため、考えて行動した。

しかし兄はそんな弟の行動を許せなかった。

「ヴァン。あなたはワタシの駒だ。駒が指し手の意思に反して動く遊戯なんて聞いたことがないでしょう」

カリアンの言葉はとても家族へ向ける言葉ではなかった。

そんな言葉を平気でヴァンに言えるし……ヴァンもまた、兄からそんなふうに言われることに、慣れているようだ。

「すみませんでした、兄上……」

「もういい。下がりなさい」

「はい……」

ヴァンは再び入れ替え転移《キャスリング》を使ってその場から消える。

一人残されたカリアンが指を鳴らすと、部屋に置いてあったワイングラスとボトルが、ふよふよと空中を漂いながら近づいてくる。

ボトルの栓がひとりでに開いて、グラスに液体がなみなみ注がれる。

カリアンはその場から一歩も動くことなく、グラスを手に持つと、それに口をつけて喉《のど》を潤《うるお》す。

魔王のその力は、カリアンの人格そのものと言えた。

自分は動かず、他人を動かすことで、自分の欲しいものを手に入れる。

「フェリア。貴女《あなた》の持つ力は彼女の力だ。地上の人間が決して持つことのできない、強大な力。それを体のうちに宿してる人間なんて前代未聞《みもん》だ。くふふ♡」

にちゃあぁ……と粘ついた笑みを浮かべながら、カリアンが言う。

「必ず貴女を手に入れる。最悪、貴女の心を奪えなくても。貴女の体を手に入れ、ワタシの子を産ませてあげますよぉ……」

●アルセイフSide

ミズチとの戦闘後、アルセイフはフェリアと共に、レイホワイト邸へと戻ってきた。

「フェリちゃーん、おかえり～」

「フェリ様おかえ……」

ニーナ、そしてニコの二人が、玄関までアルセイフたちを迎えに出た。

二人はアルセイフたちを見て目を丸くする。

「あらあら～♡」「むぅ～……フェリ様～。おあついですね～……ぶー」

……そう、アルセイフはフェリアをお姫様抱っこした状態で帰ってきたのだ。

フェリアは手で顔を覆《おお》っている。

顔は、耳の先まで真っ赤だった。

「あらどうしたのアルちゃん？」

「フェリが力を使い果たしてしまってな。虚脱状態になって動けなかったので、こうして俺が抱きかかえてきたんだ」

「んまー！　あっつあっつ！　もうあっつあっつのあっちっちーじゃあないのー！」

「何を言ってるのだ馬鹿母め」

「あなったー！　あなたー！」

ニーナが絶叫しながら走って去っていく。そして、夫であるシャーニッドを連れて戻ってきた。

「やあ、お帰りアルセイフ。それに、フェリアさん」

にこやかにそう言うのは、アルセイフの父、シャーニッド＝フォン＝レイホワイト。とがったキャラの多いレイホワイト家のなかで、唯一の常識人（？）だ。

「あなた聞いて！　うちのアルちゃんが！　フェリちゃんを腰砕けにするまでお外でエキサイティングしたみたいなのよぉ！」

母がそんな、わけのわからないことを言う。

一方フェリアは湯気が出るほどに真っ赤になった顔で、「違います」と消え入りそうな声で言う。

「いいのよぉ恥ずかしがらなくてもぉ！　若い男女なのですもの！　盛り上がってやっちゃうことなんてありありのありなのだわ！　ああどうしましょう、孫が爆誕してしまう！　あたしもーおばあちゃんって呼ばれちゃうの？　いやだぁもぉ！　どうしましょぉ～！　まずは何からするべきかしら、ねえ！　極東の風習だとこういう時お赤飯をたくんでしょ？　今から商業ギルドへ行ってお米を取り寄せて……」

暴走しだしたニーナを、夫であるシャーニッドが制止する。

「とりあえず、落ち着きなさい。フェリアさんは違うって言ってるだろう？　何か別の理由で、動けなくなった彼女を、アルセイフが連れ帰ってきた。そうだろう？」

こくんこくん！　とフェリアが強く、そして何度も頷く。

「あらま、なーんだ誤解だったのー？　もー！　それならそうと早く言いなさいってばー。期待しちゃったわー。あ、でも気にしなくていいわ！　あたしの見立てじゃそう遠くないうちに孫ができるって思ってるからね☆」

「プレッシャーをかけるのはやめなさい。アルセイフ、彼女を寝室へ運んであげなさい。ニコさんは着替えを手伝ってあげて」

こくこく、とその場にいた全員が頷く。

今なおしゃべり続けるニーナの背中を、シャーニッドが押しながら、奥の部屋へ連れていく。

「あーん、フェリちゃーん、もうちょっとママとおしゃべりしましょーよー。外で何があったのか教えてプリーズ！」

「二人だけの共通の思い出なんだから、聞いたら駄目だよ」

「やーもー！　気になるきーにーなーるー！」

シャーニッドとニーナが奥の部屋へと去っていった。あとには静けさが漂う。

アルセイフはニコを見て言う。

「すまんが、フェリを運ぶから、その後の世話を頼む」

「あ、えと……はい！　お任せあれ！」

フェリアを抱えたアルセイフはニコを連れ、彼女の部屋まで行く。

フェリアをベッドに下ろしたあと、彼は部屋を出て行こうとする。

「あ、その……アル……セイフ様」

二人きりの時はアル、と言ってくれたのだが。フェリアはいつも通りの呼び方で、引き止めてきた。

「今日はその、ありがとう」

アルセイフはフェリアの感謝の言葉、そして、はにかんだその顔を見て……。

びったーーーーーん！

「アルセイフ様!?」

「わ、わ、わー！　気絶してますよぉう！　フェリ様ぁどうしよぉ!?」

……あまりの破壊力に、アルセイフは気絶してしまった。

少し精神的な成長を見せたとて、まだまだ、彼は幼いのである。

◆

レイホワイト邸の庭にある、祠《ほこら》にて。

『ふーん、フェリがミズチを吹っ飛ばしたと』

「ああ。あれはフェリの力なのだろう？」

『そうだね。フェリの聖なる魔力は、他者の傷を癒やすだけじゃない。他者を攻撃したりさらに元気にさせたりする力がある。また、その人が本来持つ才能を引き出す能力もある』

「なんだそれは、凄すぎるじゃないか」

『そうだよ、フェリは凄い存在なんだ」

コッコロちゃんの言葉にアルセイフは違和感を覚える。

「おまえ、フェリの力について、ヤケに詳しいな。力を使う現場を見たことないのに」

『まあね。でも君を介してどんなことをしたのか聞いたし。それに……ボクは神獣。特別な嗅覚《きゆうかく》を持ってるからさ。わかるんだ』

「……その割には最近まで、フェリに凄い力があることを知らなかったようだが？」

『そんなことないですぅ～。最初からフェリは凄い力持ってるって知ってました～。だからここを家出したあと、彼女のもとに居着いたんですぅっと』

神獣コッコロちゃんは、レイホワイト家初代当主との戦いに敗れたあと、長い間、彼の屋敷に封印されていた。しかし近年封印を破り、脱走。

その後フェリアに保護されたという過去がある。

『今にして思えば、家出したボクが彼女のもとへ向かったのは、彼女の持つ【精霊王の力】に惹《ひ》かれたからなんだろうね』

「精霊王……か」

精霊たちの主《ぬし》。人間にスキルや力を与える、特別な存在だという。

「なぜフェリが聖なる魔力と、そして精霊王の力を持っているのだ？」

『さぁ、そこまでは。現精霊王はまだ存命中だし』

「何？　生きてるのか？　てっきり、生まれ変わった姿がフェリなのかと」

『あのヤ、ヤ、ヤンデレがそう簡単に死ぬわけないじゃん』

口調から、どうやらコッコロは精霊王と旧知の間柄らしい。もっともコッコロは毛嫌いしている様子だが。

『可能性として考えられるのは……』

「考えられるのは？」

『……やめとこ。まだこれ、確証はないし』

「気になる言い方するじゃないか」

『まあ、ボクも知り合いに聞いてみるよ。もうちょっと詳しくね』

「ああ、頼んだ」

以前は犬猿の仲だった二人だが、フェリアを通して両者は和解したのである。

こうして、今日あったことを話し合い、対応を共議するくらいには、信頼関係が構築されていた。

「フェリは力のコントロールを身につけたいようだが、何かコツはないか？」

任意で力を発動できるようにはなったが、まだ、それを自在に操れてはいない。

大きな力を制御して、初めてモノにしたと言える。

フェリアはまだ目的を達成できてないのだ。

『魔力操作は一朝一夕《いっちょういっせき》じゃ習得できないからね。まああの魔王が言う通り、数をこなす。これしかないよ』

「そうか……何かフェリの役に立てればと思ったのだが」

『もう十分役に立ってるよ。現に、悪い虫がフェリに寄りつかない。冷酷なる氷帝様が傍についてるからね』

コッコロちゃん、そしてアルセイフも懸念《けねん》していたことだ。

少し前、フェリアはヒドラ相手に聖なる力を使った。

そのせいで、フェリアには特別な力があると、諸外国にばれてしまっている可能性がある。

他国の間者《かんじゃ》が、送り込まれているかもしれない。

……現に今、魔王カリアンがフェリアに接触してきている。

しかしコッコロが言う通り、アルセイフという番犬が傍にいることで、表だった他国からの手出しはないように思えた。カリアンにだけ目を光らせておけばいい状況であるのは、アルセイフがいるからである。

「あのカリアンとかいう男、油断ならん。表面上は笑顔だが、盗賊などと同じ、クズの匂いがする」

『珍しく同感だね。危険な魔力の匂いがする。あの男がフェリと一緒の時は気をつけるんだよ』

「わかってる。より一層気を引き締めて、護衛に当たらねばなっ」

どこか弾《はず》んだ声音と、浮ついた表情に、コッコロは呆《あき》れたように溜め息をつく。

『フェリの傍にいたいだけでしょ』

「まあそうとも言うな」

二人は顔を見合わせて、笑うのだった。

●フェリア Side

……アルセイフ様にお姫様抱っこされて、私は帰ってきた。

その日の夜。私はベッドに横になって、考え事をしていた。

「……愛の力、か」

ミズチから彼を守る時、聖なる力は発動した。

彼の怪我を治したいと強く願った結果、治癒は発動した。

……アルセイフ様へ感じてる、この、気持ち。

彼を愛おしいと思う気持ちが、私に奇跡の力を与える。

「……愛」

ころん、と私は体を横向きにする。思えば、私は愛というものが、わからないで育った。

人の子ならば、親から愛情をそそがれて育つ。

……でも私は落ちこぼれ令嬢。両親から酷《ひど》い扱いを受けてきた。

愛情というものを一度たりとも、家族から与えられたことはなかったな。

「…………」

アルセイフ様。私は、あのお方を……愛してる、のだと思う。

多分。きっと。でなければ、この力が使えるはずはないのだ。

愛の力を、彼と一緒にいる時、彼を想う時だけ使えるということは、きっと……そういうことなんだ。彼のこと、愛してるんだ。

「う〜……」

彼を愛おしいと想う気持ちが胸の中にある。これは本当だ。

彼を思えば力が使える。愛こそが、聖なる力を発動させる鍵。これも恐らくは正しいのだろう。

……でも、でも、だ。

「愛って……わからないわ」

今まで、親から与えられたことはないし、目で見えないんだから。

わからなくて当然だ。……と思う。

「アルセイフ様は……どうなんだろう。好き好き言ってくれるけど……第一、誰かを好きになるってことと、誰かを愛することって、何が違うの？」

わからなすぎて困った……。ころん、ころん、ころん、と私はベッドの上を行ったり来たりする。

「アルセイフ様に聞く？　無理。ニーナ様……は、茶化してくるし。ニコ……ううん、悪い子じゃないけど、あの子にカレシがいたこともないしな」

私の周りに、愛を知ってる人っていただろうか……。

「あ、そういえば……確かあのお方から、前に誰かのことを愛していると聞いたことがあるわ」

周囲でこんなこと、聞ける人なんて、彼くらいだ。

「力のコントロールにも関わってくることだし、早速聞いてみましょう。……でもお忙しい方だし、すぐ会えるかな」

わからないけども、ダメもとで、私は手紙を書いてみる。そして、フクロウ便を送るのだった。

◆

翌日、私はニコを連れて、王城を訪れていた。

「うひー！　いつ見てもでっかいお城ですね～」

白亜の城を見上げながらニコが感心したように言う。

「でもなんでお城に？　旦那様にでも会いに来たんです？」

「今日は別の人に会う予定よ」

「ま！　浮気!?　フェリ様そんな、いけませんよぅ！　婚約者がいるのに浮気だなんて、そんなそんな！」

……いけないと言いつつ、どうしてこの子、わくわくした表情をしてるのだろう。

「で、で、誰と浮気するんですぅ～？」

ニコが私の前に身を乗り出して尋《たず》ねてくる。

「前を見て歩きなさい」

「えー、大丈夫……うひゃあ！」

後ろ向きに歩いていたから、ニコが転びそうになってしまう。

私が手を伸ばすよりも早く……。

「おっと」

ふわり……と彼がニコのことを、優しく受け止めてくれた。

「前を見て歩かないと、危ないよ、お嬢さん」

「すっみませ……って、ぬわあ！　とんでもねえイケメンがぁ……！　ま、眩《まぶ》しい！　見てるだけで目が潰《つぶ》れるぅ！」

「はは、リアの侍女《じじょ》は面白い人だね」

私のことをリアと、愛称で呼ぶその人は……この国の王子。

「お久しぶりです、ハイア殿下」

私の幼馴染みでもあり、この国の王子でもある人、ハイア＝フォン＝ゲータ＝ニィガ様だ。

背が高く、顔も整っており、そして女性に対して実に紳士的だ。

それゆえ、彼のファンはこの国には大勢いるそうだ。

「突然手紙を出してすみませんでした」

「何、大事な幼馴染みが困ってるんだ。助けになるのは当然だろう？」

なんともお優しいお方だ。私のような娘の悩みにも耳を傾けてくれる。急な頼みだろうと聞いてくれる。この慈悲深いお方が王位を継げば、きっとこの国はさらに発展していくことだろうと思う。

「では、行こうか。庭にお茶の用意をしてある」

「ありがとうございます」

私はハイア殿下と共に王城の中へと向かう。

そんな私の背中を、ニコがちょんちょん、と指でつついてきた。

「……フェリ様まずいですよっ。さすがに王子様と浮気だなんて！　きゃー！」

私は不敬罪に問われる前に、ニコの首根っこをつまむ。

「ニコ。あなた先に帰ってて」

「えー！　そんなぁ……二人の禁断の愛を間近でこっそり見たいのに～！」

「間近でこっそりなんて見れないでしょ。禁断の愛でもありません。私には婚約者がいますし、第一彼は王子。私と結ばれるわけがないでしょう？　ねえ、殿下」

……するとハイア殿下は立ち止まり、微笑みを浮かべたまま言う。

「リアの言う通りさ」

「ほらね。聞いた？　わかったら帰りなさい」

この子凄く口が軽いし、ふとした拍子《ひょうし》に、王子相手にどんな失言をするかわかったものではないし。

「やーん！　見たいですぅ！」

「帰りなさい。怒るわよ？」

「むぅう～～～～～～～」

その後ニコは渋々と、城を去って行った。

去り際《ぎわ》「あとで、よろしくです！」とのこと。何をよろしくしろというのだ、まったく……。

◆

私は王城の庭へとやってきていた。

庭師の方の腕が優秀なのか、白くて美しい花が庭中に咲き誇ってる。

庭の中央にお茶会用のテーブルが鎮座しており、私とハイア殿下は向かい合うように座っていた。

殿下の侍女さんが淹《い》れてくださったお茶を一口する。

「美味《おい》しいです。この紅茶」

「それは良かった」

美味しいお茶を淹れてくれた侍女さんに向かって会釈《えしゃく》をする。

すると、侍女さんは目を丸くした後、顔を赤らめて、俯《うつむ》いてしまった。はて？

ハイア殿下は「……まいったな」と言って手で口元を覆う。

「どうかしました？」

「いや……リアが少し見ぬ間に、ますます美しく素敵になっていてね。驚いたよ」

「そうですか。ありがとうございます」

まあ、社交辞令だろう。特にこのお方は、アルセイフ様と違って女性に対してとても紳士的だ。

お世辞を言うのも慣れている。

「殿下はお世辞が上手ですね」

「ふふ、そうかな」

「ええ。その爪の垢《あか》を煎《せん》じて、アルセイフ様に飲ませたいくらいですよ」

「そっか……私は逆に、レイホワイト卿《きょう》に教えを乞《こ》いたいくらいだよ。どうやったら、美しいリアを、さらに美しい人にできたのかなって」

この人はまあ、本当に、息をするかのように、女性を褒める言葉が出てくるな。

感心する私をよそに、殿下は目を伏せ、小さく呟《つぶや》く。

「私には……できなかったことだから、余計に気になるよ」

「？　殿下にできないことなんて、あるんですか？」

私の知る限り、ハイア殿下以上に、器用になんでもこなせる人はいないと思っている。

殿下はこくんと頷く。……この人も、カリアン様と同じで、ずっと微笑んでいる。

でもこの時の殿下の笑みは……凄く、寂《さび》しそうで、切なそうで……。

世の女性たちが、こんな殿下の弱々しい一面を見せられたら、思わず守ってあげなくちゃ、と母性本能を刺激されてしまうだろうと思った。

「ふふ、リアは相変わらず、レイホワイト卿一筋なのだね」

切なげな表情から一転、いつもの微笑みを浮かべた殿下に戻る。

さっきの憂《うれ》い顔はなんだったんだろう……？

「それで、リア。私に聞きたいこととは？　君からの質問ならば、何でも答えよう」

殿下がティーカップを持ち上げて一口すする。

優雅な所作《しょさ》は、歌劇団の演者と思うくらいだ。

「人を愛するとはどのようなことなのでしょうか」

「………」

「殿下は前におっしゃってましたよね。愛する人がいるのだと。それがどういう感情なのか、教えてほしくて……殿下？」

ハイア殿下は、なんだか今まで見せたことのないような表情で固まっていた。

困惑《こんわく》、戸惑《とまど》い……そんな感じだ。何に戸惑っているのだろう……？

彼は手に持っていたティーカップをゆっくりとテーブルに置く。

「リア……君のことだ。私をからかってるわけではないのだろう？」

「？　なぜ、からかわないといけないのですか？」

「そうだよね。君は冗談は好かないタイプだ。わかってるさ。わかってるよ……ただ……」

ハイア殿下は手を額《ひたい》に当て「参ったな……」と、本当に参ったような表情でおっしゃる。

「す、すみません！　私が何か粗相を……」

将来一国の王となる人に対して、私は無礼を働いてしまったようだ。

こういうことがないようニコを下がらせたというのに……私が墓穴を掘るとかどうかしてる。

これでは、国に仕《つか》えるアルセイフ様に迷惑をかけてしまう。

「君が謝る必要はないよ」

「ですが……私は何かしてしまったのでしょう？」

「いや……君は何もしてないさ。安心したまえ」

「そう……ですか？」

「ああ。君は悪くない。……悪いのは、意気地なしの私さ」

「？」

何を言いたいのか私には理解できなかった。

ハイア殿下は私の顔を見て苦笑すると、すくっと立ち上がる。

「少し、庭を歩こうか」

●アルセイフ Side

フェリアが王城に来ている一方。アルセイフは城外の警邏《けいら》の仕事に就《つ》いていた。

部下のハーレイを連れて歩く。

その足取りは非常に軽い。そんな様子を見てハーレイが言う。

「副団長」

「聞いてくれるか!?」

「まだ何も聞いてないですけど、いいですよ」

もう聞いてほしくてたまらなかったところだ。さすがハーレイ、ここぞというときに話を聞いてくれる。ウキウキしながらハーレイに話す。

こないだ、森でデートした時のことを。

「フェリをお姫様抱っこしてみたぞ！」

「ほうほう。それは奥様も大層お喜びになったでしょうね」

「む？　それはわからん……が、俺は天にも昇る気持ちだったな！」

「あらら。奥様照れてしまわれたのですか、意外と可愛いですね」

「なにぃい!?」

ぎんっ、とアルセイフはハーレイを睨《にら》みつける。

さすが冷酷なる氷帝というべきか、睨んだだけで人を殺せてしまうのではないか、という迫力がある。

しかしハーレイはどこ吹く風。

彼は、アルセイフが悪人ではないし、怖いのが見た目だけなことを知ってる。

「意外と、だと？　ハーレイ貴様！　フェリが可愛いのは意外でもなんでもないだろうが！」

「はいはい、そうですね。奥様は一〇〇人の男が全員、彼女を見て可愛いと言うくらい、素晴らしい美貌の持ち主ですものね」

「当たり前だろうが。何が意外だ。まったく……」

ハーレイはアルセイフより階級は下だが、しかし彼よりも年上だ。

ハーレイとしては、アルセイフを手のかかる弟のように思ってる。

だから理不尽にキレられても全然嫌な感じはしないし、むしろ彼の恋路を応援しようとする。

「でも……変ですね」

「…………」

「無言で抜剣《ばっけん》の構えを取らないでくださいよ。変って言ったのは奥様についてではなく、森の中でモンスターに襲われたってことですよ」

「……そういえばそうだな」

あの森は魔物除けのまじないが施されていた。モンスターが現れるはずがないのだ。

「王都周囲、さらに王都に繋がる主要街道には、同様のまじないが施されております。ミズチが出たのはやはりおかしいです。それに、おかしいと言えば……」

「こないだの飛竜《ワイバーン》もか」

「それです。魔王カリアン様がいらした際、あのお方は王都へ向かう大通りを利用しておりました。そこにワイバーンの群れが出るのは、どうしても違和感を覚えましたよ」

アルセイフも思っていたことだ。

最近、不自然なほど、魔物が王都周辺に出没している気がする。

「ハーレイ。下がれ」

その時、アルセイフは殺気を感じた。ハーレイが目を丸くする。

アルセイフは自《みずか》らの異能力、睨むだけで敵を凍らせる魔眼を発動させた。

ぱきん！　という音と共に、一匹の魔物が出現する。

「！　隠密蟻《サイレント・アント》⁉　そんな……」

サイレント・アントとは、姿を消して襲ってくる、強力なモンスターだ。

魔物除けのまじないを施してるのに、魔物が現れた以上の衝撃を、ハーレイは感じる。

「あ、あり得ない……サイレント・アントは、Sランクモンスターですよ？　なんでこんな、ダンジョンでもない場所で見かけるんだ……？」

アルセイフはスチャッ、と剣を抜いて構える。

神獣の剣《つるぎ》ではなく、通常の剣を片手に周囲を睨みつける。

「まだ潜《ひそ》んでやがるな」

アルセイフは、見えないけれど感じていた。同様のサイレント・アントが、そこら中にいて、アルセイフたちを取り囲んでいることに。

ハーレイは額に汗を掻く。それは仕方ないのことだ。

Sランクモンスターとは、英雄クラスの実力者が苦戦するほどの相手。

そんなのを二人で相手取らねばならないなんて、無茶にもほどがある。

「！　すぐに応援を呼んで……」

「いや、いい。もう終わった」

ちゃきとアルセイフが剣を鞘《さや》に収める。すると次々と破砕音が鳴り響いた。

凍りついたサイレント・アントが、一斉に砕け散る。

「う、嘘でしょ……？　副団長、相手はSランクです。しかも……こんなたくさんいたのに！　一瞬で殲滅《せんめつ》してしまうなんて！　す、凄い……」

「ふ……さすがコロ助の力だな」

現在のアルセイフは神獣と本契約を結んでいる。

神の力を手にした彼にとっては、Sランクモンスターなんて雑魚《ざこ》にすぎないのだ。

強大な力を得ても、しかしアルセイフは増長することはない。

「コロ助と仲直りできたのはフェリのおかげだ。フェリ……ありがとう。いつもおまえに助けられてばかりだな……ああ……フェリ……好きだ……」

目を閉じ、まぶたの裏にいるフェリアに感謝するアルセイフ。

愛しの婚約者はパチン、とこちらにウィンクしてきた。

「ああそんな……！　俺のフェリがウィンクしてくれただと!?　眩しすぎて目が！　目がぁ……！」

ああ！」

　そんなアホなことをする副団長をよそに、ハーレイは深刻な顔で呟く。

「これはかなり由々《ゆゆ》しき事態かもしれません」

「フェリが可愛すぎることが？」

「そうじゃないですよ」

「俺のフェリが可愛くないだと!?」

「ああもう！　とにかく城に戻って報告しに行きますよ！」

「おい貴様ハーレイ！　フェリが可愛くないだと!?　訂正しろ！」

「嫁馬鹿副団長め……！」

## ●フェリア Side

　あれから私はハイア殿下と王城の庭を散歩していた。

　王国で最も栄えている、王都。その中心部に位置する城の中。

　けれどこの庭はとても静かで、咲き誇る草花のこすれる音すら聞こえた。

　足下には白くて小さい花びらをつけた雪月花《せつげつか》が咲いている。

「綺麗ですね」

しゃがみ込み、雪月花に顔を近づけて、私が言う。

小さな花弁はまるで雪片《せっぺん》のよう、太陽の光を反射し、白銀に輝いてる。

「ああ……綺麗だ。リアと同じくらい」

「あはは、そんな。雪月花に失礼ですよ」

私と同じくらいだなんて。花の方が何万倍も美しいのに。

「私にとってはリア、冗談抜きで、あなたの方が何万倍も綺麗に思えるよ」

「もう……殿下は本当にお世辞がお上手ですね」

「……そうだね」

彼が隣にしゃがみ込む。……そういえば、昔にもこんなふうに、肩を並べて花を愛《め》でたことがあったな。

「リア。君のさっきの質問なんだけど……」

「ええ。愛とはなんでしょうかね」

すると彼は雪月花を数本手折《たお》る。

「いいのですか？」

「かまわないよ。これを育ててるのは私だからね」

「まあ、そうだったんですか。しかし殿下、花を育てる趣味なんてお持ちだったのですね」

「まあね。君に、この花を贈るために、頑張っていたのだよ」

殿下は雪月花を編んで、小さな指輪を作る。

「リア。左手を出して」

「？　はい」

すると彼は今作った花の指輪を、私の左手の薬指にはめる。

……殿下？

「何をしてるのです？」

花の指輪なんて指にはめて、子供でもあるまいし。すると彼は苦笑しながら立ち上がる。

「君への贈り物。一〇年くらい……遅れてしまったけどね」

……その時、私の脳裏に子供の頃の記憶が思い起こされる。

そう……確かあれは、殿下と一緒に散歩に出かけた際。

森で迷子になってしまって、その時、雪月花を見つけたのだ。

花は一本しかなかったけど、その美しさは今でも鮮明に思い出せる。

そうだ……あの時……。

「殿下はおっしゃってくださいましたね。いつか、君に花をプレゼントするって」

「ああ。あれから私はずっと、雪月花を育ててきたのだよ」

「ずっと？」

「うん、ずっと」

……殿下はお忙しい方だ。花を育ててる暇《ひま》なんてないだろう。

でも……こんな見事な花畑を、お一人で作られた。それって……。

「私のため、ですか？」

「ああ。君が喜ぶと思って」

「で、ですが……こんな、大変だったでしょう？　報酬があるわけでもないのに、どうして……そんなことしてくれたんです？」

すると殿下が目を閉じて、「これでいいんだ」と小さく何かを呟く。

「愛ゆえに、だよ」

「愛……」

「ああ。誰かを想い、誰かのために、見返りを求めず行動する。その心が……愛だと私は思うよ」

なるほど……。

とてもわかりやすい。

今の世の中、無償で何かをするなんてことはない。神に仕える天導《てんどう》協会のシスターでさえ、神の御名《みな》のもとに行動している。

何かする時は、必ず動機が存在する。

母が子を育てるのは、損得を考えてやってるのではない。その子を愛してるからこそ、相手に無償で尽くす。

「誰かのために、見返りを求めず行動する……それが、愛」

「うん。まあでも、そこまで小難しく考えなくていいと思うよ、リア」

ハイア殿下が私に近づく。

黒く長い私の髪を、ゆっくりと手で梳《す》く。

……幼馴染みでもある殿下に、こんなふうにされても、特段何も感じない。

……ただ、この場を見たら、あの人が、なんて言うか。

そう考えると、私は殿下の手をそっ……と包んで、私の髪から離す。

「お戯《たわむ》れはおよしください」

「はは、バレたか」

「もう……いつまでも子供扱いして。私たち幼馴染みなんですからね」

「わかってるさ。いつまでも君は子供じゃあないんだって。わかってたつもりだったんだけどね」

「殿下？」

ハイア殿下は私の前に跪いた。

そして、私の左手を取ると、その薬指に収まった花の指輪にキスをする。

……？　この行為に何か意味があるのだろうか。

「リア。雪月花の花言葉を知ってるかい？」

「いえ」

「そうか……久遠《くおん》の愛、だよ。覚えておきたまえ」

久遠の……愛。永遠に消えることのない愛情か。

「素敵な花言葉ですね」

「ああ、素敵だろう？」

彼は優しく微笑むと、立ち上がる。

「リア。君はもう少し、自分がたくさんの人に愛されてる自覚を持った方が良い」

「！　そ、そうなのですか……？」

「ああ。君は家族に恵まれなかったせいで、愛への感受性が極端に乏《とぼ》しい状態にある。だから
……」

ハイア殿下は振り返る。私もつられるように振り返ると……。

「ぐ、ぎ、ぎぎぃい～……！」

「アルセイフ様……」

彼が庭の入り口のところで、射殺《いころ》さんばかりに、殿下を睨みつけていた。

ああでも……あの人ってば、すぐに噛みついてこなくなったのだな。

成長してるではないか。待てができるようになるなんて……ふふ……。

「レイホワイト卿。用事があるならこちらに来てはいかがかな？」

殿下からの申し出に、しかし彼は忌々《いまいま》しげな視線を向けながら言う。

「……フェリと殿下の、邪魔を……しては……い、けぬ……から……」

「いいですよ。おいでませ」

「フェリぃぃいいいいいいいいいいぃ！」

ばびゅん！　と彼は解き放たれた矢の如《ごと》く猛スピードで近づいてくると、私を抱きしめてきた。

……ひ、人前で抱きつかれるの、嫌なんだけど。

照れてしまうんだけども……。

「ああ、フェリ。会いたかったぞフェリ！　おまえがここに男と二人きりだと聞いて気が気ではなかったぞ！」

……気が気ではなかったのに、相手が王子だから、邪魔しないように我慢してくれてたんだ。

ほんと……変わったなぁ、この人。少し気遣《きづか》いができるようになって……。

「偉いですね、アルセイフ様」

飼い犬が何かいいことをしたら、きちんと褒めてあげるべきだと、よく言われるからね。だから褒めるだけだ。

「よしよし、偉いです」

「うぉおお！　フェリが！　俺のフェリが！　俺を褒めてくれたっ！　うぉお！」

またも、私は彼に犬耳と尻尾を幻視する。

尻尾がぶんぶんとすごい勢いで振られている。本当の犬だったら私の頬を舌で舐《な》めてるところだろう。

さ、さすがにそれはやめてほしい……。

「フェリ」

ぺろっ。

「ちょ、きゃっ！　な、何するんですか……!?」

「スキンシップだ」

「誰にこんなこと習ったんですか!?」

「コッコロ」

「あの駄犬……帰ったら覚えておきなさい……！」

アルセイフ様に変なことを教えて。もう……あのデブ犬、エサ抜きにしてあげようか。

そんな私たちのやり取りを、一歩引いた位置で、ハイア殿下が見ていた。

はっ、そ、そうだ……殿下がいたのだった。

「も、申し訳ありません殿下……お見苦しい姿をお見せして……」

「ふふ、あはははは！」

あ、あれ……？　笑っている……？

私も、そしてアルセイフ様もぽかんとしてしまう。

一方殿下は幼い頃よくしてたように、大声を上げて、笑っていた。

「完敗だ」

「「カンパイ……？」」

私も彼もハテ、と揃《そろ》って小首を傾《かし》げる。

殿下は笑いすぎたのか、目尻に涙を浮かべて言う。

「君たちは本当にお似合いだよ。私が入り込む余地なんてない」

「「は、はあ……？」」

急に何を言いだすのだろう、ハイア殿下は？

アルセイフ様も同じ気持ちなのか、首をひねっている。

「愛とは何か。探し求めずとも、そこにあるから大丈夫だよ」

……た、確かに私はアルセイフ様のことを愛してるかもしれない。

でも、でもアルセイフ様はどうなのかわからない。

だから愛を知ろうとしたのに……探し求めずともいい？

ここにある……？

ますますわけがわからなくなった……。

「大丈夫だよ、リア。不安にならないで。わからなくなった時は、周りを見回すだけでいい。そこに……愛はあるからさ」

「…………難しいです。でも、アドバイスありがとうございます」

彼に抱きしめられた状態で、私は頭を上げる。アルセイフ様はハイア殿下に睨みを利かせていた。

これ以上不敬な真似をしでかさないよう、私は彼の足を踏んづけて注意する。

「それでアルセイフ様、何をしに来たのです？」

「フェリに会いに来た……！」

またですか。ホントこの人ってば。どれだけ私に会いたいのだろうか。まったく。ふふ。

「違うでしょう、副団長」

「ハーレイさん！」

「やあ、奥様。お久しぶりです」

や、やだ……！　アルセイフ様の部下の人に、見られてしまった……！　私の恥ずかしい姿を！

「は、放して……！」

「なぜだ？」

「いいから！」

「照れ屋なおまえも素敵だな」

「もー！」

私はアルセイフ様の腕の中から脱出し、距離を取る。人がいるところで、しかも知り合いの前でくっつかないでほしい。

別に、嫌ではないけど……でも時と場合を選んでほしいものだ。

「副団長、報告報告」

「ちっ……おい王子。少し面《つら》を貸せ」

「もー、すみません馬鹿な上官なもので」

「おい、なんだ俺が馬鹿だと？　俺はフェリの犬だぞ！」

「そういうところが馬鹿だって言ってるんです……さ、向こうでちょっとお話をば」

私がいると話しにくいのだろう。

「私はこれにて失礼します」

「ああ、すまないな。君、彼女を送っていってくれたまえ。報告はレイホワイト卿から聞こう」

ハーレイさんは頷くと、私と顔を見合わせる。

「では、行きましょうか」

「はい。殿下、失礼します。アルセイフ様、不敬罪で捕まらないように。私を一人にしないでくださいね」

アルセイフ様は顔を真っ赤にすると、何度も何度も頷いた。

「フェリを一人にはさせないぞ……！」

「ふふ、ありがとう。では……」

私はその場を後にする。愛とは何か。

その輪郭《りんかく》をおぼろげながら掴むことができた。

彼を想う心。彼への、無償の愛……。それが力の源泉であることを理解したのだった。

●アルセイフ Side

フェリアが去った後、アルセイフたちは、ハイアの執務室へと移動。

アルセイフは部屋に入るなり言う。

「フェリは俺のだからな」

番犬のごとくうなり声を上げながら、そんなふうに言う。

相手が一国の王子だろうと関係ない。フェリアを奪おうとする男は全員敵なのだ。

一方、ハイアは両手を上げて頷いた。

「重々承知してるさ。君たちの邪魔はしない」

「本当だろうな？」

「偉大なるノアール神に誓ってもいい」

この世界に平和をもたらした神の名の下《もと》に、二人の邪魔はしないと、ハイアは約束する。

アルセイフは少し警戒レベルを下げる。

「フェリを誘ってナニをしてたのだ？」

「彼女からの質問に答えていただけだよ」

「む……そうか。それはすまなかったな。貴様も忙しいだろうに……どうした？」

ハイアが目を丸くしていた。

そして、苦笑しだす。

「リアは一流の調教師になれるね」

「馬鹿にしてるのか貴様……？」

「まさか。ただ、君は変わったね」

……コロ助と同じことを言われた。

自分ではその自覚はないが、部下たちにも同じことを言われているので、さすがに真実なのだろう。

「まあな。フェリのおかげだな！」

「まったくだ。我が国最強の騎士を、ここまで使えるようにしてみせたのだから。勲章をあげたいくらいだよ」

「そうかそうか！　是非あげるといい！　フェリは凄いからな！」

若干《じゃっかん》自分がディスられてることに、アルセイフは気づいていない模様。

そんな姿を、ハイアはまるで眩しいものを見ているかのように、目を細めて言う。

「リアを射止めるために必要だったのは、その純粋さなのかもしれないね。……私は、少し勉強しすぎたかな。賢しさや完璧さよりも彼女は、未熟さを好む女性《ひと》だったとはね」

ハイアの言葉に込められた思いなど、一切気にする様子もないアルセイフ。

はっ、とアルセイフは何かに気づいた様子になって言う。

「そうだった。報告を。外で魔物を見かけたぞ。魔物除けのまじないがかかってるはずの場所にだ」

ハイアの表情が一瞬で切り替わる。国を守る、王子としての顔になった。

「詳しくお聞かせ願おうか、レイホワイト卿？」

アルセイフは先ほど、警邏の途中で発見した隠密蟻《サイレント・アント》について説明する。

ハイアは黙ってそれを聞き、すぐに決断する。

「今すぐ騎士団長を連れてきてくれ。今後の対策会議を開きたい」

早いな、と素直にアルセイフは感心した。

事態を静観するでなく、問題に対して、迅速《じんそく》な対応を見せた。

なかなかできることではない。

「警戒レベルを上げる。騎士団の皆には負担をかけてすまないね」

「いや……構わない。王都に住んでる人間の安全が、最優先だからな」

そこにはフェリアも当然含まれている。……正直、フェリア以外への興味はまだまだ薄い。

だが、騎士として人を守ること、それが妻となる女の望むことならば、全力で取り組む所存だ。

彼の心の中には常にフェリアがいる。物事の判断基準は、最近全て、フェリアならどうするとか、フェリアに見られてどう思われるだろうか、だった。

ハイアはふと、アルセイフに尋ねる。

「なあレイホワイト卿。質問に正直に答えてほしい」

「なんだ？」

「君……リアのこと愛してる？」

……コロ助にも同じような質問をされた気がした。だからこそ、考える必要もなく、彼は反射で、答えることができた。

「ああ。この世界の、誰よりも」

即答するアルセイフの姿を見て、ハイアは目を細めた。そして俯き、「強いなぁ……」とどこか羨望《せんぼう》の入り交じったような声で呟く。

顔を上げると、ハイアは淡く微笑んでいた。……少し、泣いていることに、彼は気づかなかった。

「リアを頼むよ」

「ふん。貴様に言われるまでもない」

●フェリア Side

ハーレイさんに屋敷まで送ってもらった。

先に屋敷に戻っていたニコが、私が到着するなり、腰に抱きついてきた。

「面白エピソードカモーン！」

「ありませんよ、そんなもの」

「王族との浮気話は!?」

「あったらこの国の一大事でしょうが……もう……馬鹿なんだから……」

「ちぇ、つまらーん」

まったく愉快なメイドだこと。

「それじゃ、奥様。私はこれで」

「あ、はい。送ってくださりありがとうございました」

「いえ、ごちそうさまでした」

……なんでごちそうさま？

別に私、何も振る舞ってないのだが。

「奥様と副団長の、大変仲のいいエピソードを聞けて楽しかったです。他の団員たちも喜びますよ」

「そんな面白いでしょうかね……？」

「そりゃあもう！　あ、そうだ。奥様。これから外に出るときはお気をつけくださいませ」

「？　どういうことですか？」

「おそらく副団長からも言われるはずですが、最近魔物の出現頻度《ひんど》が増えてきてるのです」

「まあ……それは、大変」

「ですから、外に出るときはお気をつけください。それでは」

ハーレイさんはそう言って去っていった。

「………」

魔物の出現頻度が増えた。それはつまり、魔物を狩る冒険者、そして、魔物から人々を守る騎士……アルセイフ様の出番が増えるということ。

妻となる女として、夫となる者が活躍することは、喜ばねばいけない。

でも……私は、あの人が毎日無事で帰ってきてくれるかどうかってことだけが気がかりだ。

会えない時間が増えることなんて……まあ、それは……嫌だけど。

でも、ああ、どうか彼が無事でありますように……。

……そして、この力をもっと鍛えないと。

彼がまた怪我するような事態が起きた際、治せるように。

「フェリ様～？」

にまー、とニコが笑っている。

「また旦那様のこと考えてたでしょー？」

「え、まあ……え、何？」

最近ニコは、前よりもアルセイフ様の話題を頻繁《ひんぱん》に出すようになった。また、彼に抱いていた敵《てき》愾心《がいしん》的なものが薄れてきてる気がする。

「フェリ様ってば～。ラブラブちゅっちゅ♡　なんだから～」

「い、意味わからないわ。さっさと屋敷に入りましょう」

「あー！　照れてるぅ！　ニコはね、わかっちゃうんですからね。乙女歴長いからね！」

なんなのだまったく……。と、その時だった。

どさっ！

屋敷の裏手から、何かが地面に落ちる音がした。

『とったどぉーーーーーーーーーーーー！』

「……コッコロちゃん？」

何かあったのは確実だ。すぐに私は、音のした方へと足を向けていた。

「ふぇ、フェリ様危ないですって！　人を呼びましょう！」

「そうね。でも状況確認は必要だわ」

「そんなのニコにお任せください！」

「駄目よ。危ないもの。ニコだってか弱い女の子なんだから」

「ふぇりしゃま……！」

なんだか感動してるニコを連れて私は裏庭へ。

屋敷内には木々が植えてあり、茂みの近くに、コッコロちゃんがいた。

そして……。

「ヴァン様……?」

カリアン様の弟君、ヴァン様が倒れていた。その背中の上にコッコロちゃんが右前足を乗せて、誇らしげに胸を張ってる……。この、駄犬め。

「足をどけて、コッコロちゃん」

『あ、フェリ～！　見て見てボクがね、この侵入者をとっ捕まえて……』

「どきなさい、今すぐ」

『あ、はい……』

他国の王弟に、なんてことしてくれるのだ、この犬は。

あなたはレイホワイト家の犬としての自覚がない。あなたの行いがこの家を、そして当主に迷惑をかけるってどうしてわからないのだろう？　最近アルセイフ様ですら、その辺を意識できるようになってきてるっていうのに。まったくこのぷくぷくに太った駄犬め。エサの量を減らしてやろうかな……。

「大丈夫ですか、ヴァン様？　って、その傷……」

ヴァン様は身体中あちこちに怪我をしてらした。

殴られたような痕《あと》が特に多かったと思う。

「待っててくださいね。今治療しますから」

「……平気です。ほっといて」

「駄目です。動かないで」

私は手を前に突き出し、意識を集中させる。

傷を負った子供が目の前にいる。でもその子の後ろには……ううん、私の後ろには、アルセイフ様がいるような気がした。

私は、冷酷なる氷帝の妻となる女。私の行いが彼の評判に繋がる。

王弟の怪我を治したら、彼の株が上がるかもしれない。冷酷なる氷帝、なんて、彼が自ら好んで名乗ってないことくらいわかってる。その呼び名を、厭《いと》わしく思ってることも知ってる。……だから、私は少しでも、彼のその汚名を、己《おのれ》の行いでなんとかして返上させたい。

だって……。

「凄い……怪我が、治ってる……完璧に」

気づけば、ヴァン様の傷はすっかり癒《い》えていた。

ずっとアルセイフ様のことを考えていただけなのだが。これで魔法が使えるだなんて、不思議だな。

まあそれは置いといて。

「他に痛いところはございませんか？」

「うん……あ、はい」

子供っぽくうん、と答えた。ヴァン様は初対面の時から難しい言葉遣《づか》いをし、さらに大人っぽく振る舞っていたから勘違いしてたけど……。

ホントは、見た目通り、中身も子供なのかもしれない。

だから、ほっとけなかった。こんなふうに、ボロボロの姿になっている、この子のことを。

打算抜きに、かわいそうだって思ったのだ。

「ヴァン様。屋敷においでください。お召し物をお替えいたします」

「え……？　服？　いや……大丈夫、だけど」

「そんなボロボロのお洋服で、帰らせるわけにはまいりません。ニコ、着替えの手配を」

こくん、と頷いて、ニコが屋敷に先に戻る。

私はヴァン様の前に跪く。

「背中に乗ってください」

「え、でも……」

「立てないのでしょう？」

ずっとへたり込んだままだったから、変だと思ったのだ。

怪我を治しても立ち上がらないってことは、他に何か問題があるのだろうと。

ぐぅう……という音がした。多分お腹空《なかす》いてるのだろう。

「ほら、おいでなさい」

「…………」

ヴァン様は無言で私の背中に覆い被さってきた。ひょいっ、と立ち上がる。……なんて軽いんだろう。ちゃんと食べてるんだろうか？

ヴァン様をおんぶしたまま、私は屋敷の中へと入る。

私はドレスを脱いで、濡れてもいいような薄着姿になる。長い髪の毛をゴムで縛り、ヴァン様に言う。

「さ、お風呂入りますよ。服を脱いで」

「え!?　む、無理だよ……」

「なぜ？」

「だって……」

もじもじと顔を赤らめながら言う。ははあ。私に裸を見られるのが恥ずかしいのだろう。

「早く脱いで。私が脱がしちゃいますよ？」

「でも……」

「はい脱ぐ！」

私はすぽんっ、と彼の服を脱がす。

そしてレイホワイト邸の大浴場の中へ入る。

ヴァン様はタオル一枚姿、私はシャツとズボンという薄着姿。

ここにアルセイフ様が来たら、うるさく言ってくるかもしれない。

その時は、ちゃんと事情を話そう。

「さぁ汚れを落としますよ。椅子に座って」

「う、うん……」

私は彼を座らせ、髪の毛、体と洗っていく。

シャンプー（※最近発売された新商品）で髪の毛を洗い流し、石けんで体を清める。

その後、湯船に浸《つ》からせる。その間ずっと彼は俯いていた。

ほどなくして、大浴場から上がり、私は彼の髪の毛をタオルでわしゃわしゃする。

「あの……どうして？」

「どうしてとは？」

「……どうしてぼくのこと、優しくするの？」

まあ、打算がないと言ったら嘘になる。

けど、だ。

「ほっとけなかったから、ですかね。私も昔はいじめられてたので」

自分で言ってようやく得心がいった。

ボロボロのお姿をしていたヴァン様に、在《あ》りし日の自分を重ねていたのだ。

「あなたに何が起きたのか、何をされたのか、深く追及はしません」

あまり口を出せば内政干渉に当たるだろうし。

「でも……あなたをほっとくことは、どうしても、できないんです」

相手が王弟だから優しくしてる部分を否定はしない。でも……それだけではないのだ。

「……そうなんだ」

「ええ。うん、髪の毛が乾きましたよ。さ、立って。ニコー、お洋服は？」

「持ってきましたよぉう、フェリ様ー！」

ニコがその手に着替えを持って参上する。

「ニーナ様から、アルセイフ様が子供の頃着てたお洋服、貰《もら》ってきました！」

「でかしたわ。さ、着せてあげなさい」

「あいあいさー！」

私がヴァン様の後ろからどこうとする……。はしっ、とヴァン様が私の腕を掴んでいた。

「どうしました？」

「……やだ。いなくならないで」

ヴァン様の心細そうな声。私に置いてかれると思ったのだろう。

「大丈夫ですよ。私も着替えるだけです」

さすがに人前で着替えるのは恥ずかしい。

「後でまたあなたのもとに伺《うかが》います。一緒にご飯食べましょうね」

「う、うん！」

笑顔で頷くヴァン様。

まあ、可愛らしいことで。

初めて会った時の、あのなんというか、感情の込もってない人形みたいな所作よりも、今の方がよっぽどいいなって思った。

◆

私が着替えのため、自分の部屋へと戻ってくると……。

『くんくんくん。くんくんくん。はー♡　フェリの香り〜♡　最の高ぉ〜♡』

……駄犬が私の脱いだ服に、顔を突っ込んで、馬鹿なことをしていた。

私はコッコロちゃんのお尻の肉をつねり上げる。

『ぎゃんっ！　いたいなぁ、ボクは神だぞ！　尻をつねるとは何事か！』

「おや神だったのですか。変態さんかと思いましたよ」

『って、フェリか〜。驚かさないでよぅ』

ずぼっ、とコッコロちゃんが私の脱いだ服の中から顔を出す。

……頭に私のつけてるヘアバンドが乗っていた。

「コッコロちゃん、何してたの？」

『あのちびっ子は怪《あや》しいよって警告しに来たのだよ』

きりっとした顔をしても駄目。警告するだけなら、私の服の中に顔を突っ込んで、匂いを嗅《か》ぐ必要なんてないから。

「怪しいのはあなたでしょ。変態」

『へ、変態じゃあないよ！　ボクは変態という名の紳士だよっ』

「紳士は他人の服の匂いなんて嗅ぎません」

『わんわん、ばうばう！』

「今さら犬ぶっても駄目よ、神獣が聞いて呆れるわ」

『フェリ〜。ごめんて〜』

コッコロちゃんがこちらに駆け寄ってきて、すりすりと頬ずりしてくる。

はあ……まったく。私は頭の上に乗ってるヘアバンドを回収。

「それで、ヴァン様が怪しいっていうのは？」

『あの子ね、屋敷の周りをずっとうろちょろしてたんだ。で、何を思ったのか、中に勝手に入ってきてさ。もう怪しさMAX！　てことでボクが捕まえたんだ〜。えらくなーい？』

「……ヴァン様の怪我は、コッコロちゃんのせいだと……。ふう……」

これはお仕置きしないと……。

『ちゃ、ちゃいますわん！』

なんだちゃいますわんって……。

『あの子のこと、傷つけてないよ。ボクが見た時から、あんなだった』

「ふむ……神に誓える？」

『もちろん。神に誓ってもいい。ボクも神獣だけど』

……嘘を言ってるようには思えなかった。じゃあ、あの打撲の痕とかは、ここへ来る前にできたものってこと……？

誰がそんなことを……？

『きっと魔王の仕業《しわざ》だよ』

「……まさか」

『きっと家庭内暴力だよ、ＤＶってやつだね』

カリアン様は非常に温厚な方だ。家族に向かって暴力を振るうような人には思えない。

相手は王族だ。人の上に立つ人間が、家族を大事にしないわけがない。

『ボク……やっぱりカリアンってやつが信用ならないよ。ボクがちょいと調べてくるね！』

「調べるって……あなた外に出れないでしょ」

『ぬっふっふん、裏技があるんだよ。そのために契約したようなもんだから』

「……？」

『名探偵コッコロちゃんにお任せあれ！　じゅわっち！』

ぼふん、という音と共に、コッコロちゃんの姿が消えてしまった。

まあ、確かに気になるのは事実だ。調べてもらおう。

わからないならそれはそれで（あんまり他国の問題に首は突っ込めないし）。

「………」

それにしても、コッコロちゃんってば私の服の匂いを嗅ぐなんて。

いよいよもって犬化してきてないか？

あの子神獣でしょ……？　一応……。なんだか神っぽい感じはしないけれども（見た目もただのデブ犬だし……）。

◆

ほどなくして、アルセイフ様が帰ってきた。

「フェリ……」

「アルセイフ様おかえりなさい」

「っはぁ……」

「？　なんです、帰って来るなり溜め息なんてついて」

彼は私をチラリと見て、手で顔を覆ってしまう。

「参った……ポニーテールも似合うだなんて……」

「え、ああ……」

そういえばヴァン様をお風呂に入れてからずっと、私はポニーテール姿のままだった。

彼が私の髪の毛を凝視《ぎょうし》してくる。……気になって、聞いてしまう。

「似合いますか？」

「王国一だな！」

「そ、そうですか……」

彼がフガフガと鼻息を荒くしながら言う。ふふ、そんなに興奮しちゃって、まあ。

でも……そんなに似合うのか。今度から、たまに髪の毛結んでみようかな……。

「む？　ところでフェリ、後ろのガキは誰だ？」

「え……？　あ、ヴァン様」

知らぬ間に、ヴァン様が私の背後に立っていた。

そして、私の腰にぎゅっと抱きつく。

「なんだガキ……俺のフェリに気安く触れ……ふぎゃっ！」

彼の後頭部をぺんっ、と叩く。

「痛いぞ」

「このお方は魔王様の弟君ですよ？　口の利き方には気をつけなさい」

「すまない……」

しゅん、と彼が肩を落とす。その様を見て、ヴァン様は目を丸くしていた。

「それで、このガ……魔王の弟がなぜ我が屋敷にいるのだ？」

「庭で倒れてたところを保護しました」

「………」

アルセイフ様が何か言いたげに、口元をもごもご動かす。その間もヴァン様に対し、警戒するような眼差《まなざ》しを向けていた。まあ、気持ちはわかる。

他国の王弟がレイホワイト邸の庭にいる時点でおかしいのだ。

でも……深く追及してほしくないと、ヴァン様が思ってるのは明白。

ぎゅっ、と私の腰にしがみつく力が強くなった。

アルセイフ様はそれを見て……はぁ……と深々とした溜め息をつく。

「とりあえず、腹減った」

「わかりました。すぐに準備します」

彼は部屋へと戻ろうとする。

「……フェリ」

私の耳元でアルセイフ様が囁《ささや》く。み、耳……耳に吐息《といき》が……。

しかしすぐに彼が真面目《まじめ》な顔をしてることに気づいた。

「……あとで俺の部屋に来てくれ。話がしたい」

……恐らくは先ほど、ハイア殿下と話していたことだろう。

それとヴァン様のこともあるかもしれない。

どちらもきちんと、彼と話しておかないといけないことだ。

「……わかりました。後《のち》ほど」

アルセイフ様は頷くと、自分の寝室へと向かう。

残されたのは私とヴァン様だけ。

「さ、お夕飯にいたしましょうか」

ヴァン様に事情があるのは確定的に明らかだろうけど、お腹を空かせている子供を放置すること
なんて、できない。

「……どうして？　優しくするの？」

「さっきも言ったでしょう？　ほっとけないんです。あなたのような子を」

……ぽたぽた、とヴァン様が涙を零《こぼ》す。

悲しさからくるものというよりも、安堵《あんど》によるものだと思われた。

私は彼の背中をさすり、食堂へと案内するのだった。

◆

夕食後、私はアルセイフ様の寝室へとやってきた。

「アルセイフ様……って、あれ？　いない」

どうやらまだお風呂から戻ってきていない様子。

簡素な部屋の中。ベッドの上には彼が普段着てる王国騎士団の制服が置いてあった。

「…………服」

先ほど私のドレスの匂いを嗅いでいたコッコロちゃんの言葉を思い出す。いい匂いだとか、のたまっていたが……。

……他人の匂いって、そんなにいいものなのだろうか。

好奇心。そう、これは好奇心からくるものだ。

別にやましい気持ちなんてそんな、そんな……。

私は気づけばベッドに座り、彼の制服を手に取っていた。

「ん……」

ミントのような、いい匂いがした。

あの人って、香水とかつけてなかったはず。

どうしてこんなに、いい匂いがするのだろうか……？

特別よい石けんを使ってるわけでもない（私も同じ物を使ってる）。

でも……不思議と心が安らぐ、とても、とてもいい匂いで……。

「フェリ？」

「～～～～～～～～！」

心臓が今までにないほど、どきんっ！　と大きく飛び跳ねる。

そのまま口から心臓が出てしまうのではないかと思った！

「フェリ？　ど、どうした……？」

「いえ……ああ、その、ええっと、これはその！　ち、違う！」

私は手に持っていた制服を背中に隠す。

「違いますから！」

「だから何を……」

「違うって言ってるの！　わかった!?」

「あ、ああ……」

ややあって。

「すみません……動揺してしまって……」

私は白状した。アルセイフ様の制服の匂いを嗅いでしまったと……。

なんたる失態。コッコロちゃんを叱《しか》っておいてこれである。

「気にするな。俺はフェリに匂いを嗅がれて嬉しい」

アルセイフ様は、本当にいい笑顔でそんなことをおっしゃった。

……なんだその余裕ある表情は。最近私ばっかりこんなふうに動揺させられっぱなしでずるい気がする。

アルセイフ様を、もっと動揺させたい。でなければ不公平だ。

「そ、そうだ……お、お詫びにその……私のうなじの匂いでも嗅ぎますか？」

……何を言ってるのだ、フェリア。とんでもないことを口走ってるぞ、あなた。

「なに!?　いいのか!?」

「ええ……きゃ！」

彼が私に飛びついてきた。

後ろから抱き締めてきて、う、うなじに鼻先をつけてくる。

「フェリ……ふが……フェリ……」

「あ、あのちょっと……くすぐったいんですが……」

「嫌か？」

「嫌じゃないですけど……ああ、ちょっと！」

アルセイフ様が、ち、近い……近い……！

駄目だ……彼のことを愛してるって自覚してから、彼とくっつくのがとても恥ずかしくなってきている。ああでも……。

彼がすぐ近くにいるのは、なんだか心地よい。

私を求めてくれるのが、なんだか……凄く、気持ちがいい……。

「フェリ……ここは蓬莱山《ほうらいさん》かもしれん」

「た、確か仙人、天女と呼ばれる凄い人たちが住むという……？」

「ああ。桃のいい香りがする。きっとフェリは天女に違いない……」

「か、からかわないでください……」

「からかってなどいない！　フェリは俺のくだらん人生に光を差し込むため、天から舞い降りてきた……天女なのだからな！」

「何わけのわからないこと言ってるんですかぁ……」

普段の私だったら、馬鹿なことを言ってないで離れてくださいと、彼を押しのけていただろう。

が、駄目。

今、体に全然力が入らない。このままもっと強く求められたら、それこそ、流されてもいいと思ってしまうほどに……。

「フェリ……ああ……フェリ……」

彼が私の服に手をかけてくる。

……そこで、頭から冷や水を浴びせられたような気持ちになった。

「だ、だめ……！」

思いのほか大きな声が、寝室に響き渡る。

アルセイフ様の体が強張《こわば》る。……やってしまった。

「ご、ごめんなさい……別にあなたのことが嫌いなのではなく、心の準備が……」

どきどき、ばくばくと、痛いくらい私の心臓が高鳴っている。

「まだ……ちょっと……あの」

「そ、そうか……す、す、すまん……！」

アルセイフ様が私からパッと離れ、土下座する。

「フェリ！　俺はおまえの嫌がることをしてしまった……！」

「あ、いいえ！　だから嫌ってわけじゃないんです……ただ……」

彼を受け入れる覚悟が、まだ、固まっていないのだ。

今私は……正直に白状しよう、彼のことを愛してる。

親の都合で婚約させられた時とは、心の持ちようが変わっている。

彼を愛してる。でも……でも、相手も私を愛してるっていう、確証が欲しい……。

そうでないと、私は……怖い。

自分の素肌をさらすことが、できない。

「フェリ……本当にすまなかった。反省する」

「あ、ちょっと！　アルセイフ様！」

彼は立ち上がると、部屋の片隅に立てかけてあった木剣を手に取り、ドアを開ける。

「最近魔物の数が増えてきたようだ。そのせいで、明日から少し忙しくなる」

彼が私に言いたかったことを告げる。

「毎日家に帰れない。訓練にも付き合ってやれん。すまない」

「いやそれは……別に謝ることじゃあないでしょ？」

騎士の仕事を全《まっと》うしてるのだから。

「すまん、フェリ。俺は頭を冷やしてから寝る。おやすみ」

「あ……」

彼は木剣を持って出て行ってしまった。

……やってしまった、という後悔の念が襲ってきた。

体の関係を拒《こば》んでしまった。……殿方にとって、最も自尊心を傷つけることだと、ニーナ様にも言われていたのに。

「やっちゃった……違うのに……別に、嫌いってわけではないのに……」

嫌いではない。それは本当。

ただ……私に彼を受け入れる覚悟がなかった。ただ、それだけなんだ。

## ●カリアンSide

魔王カリアンは、ホテルでにんまりと笑っていた。

「ふふ……ははは！　いい、いいぞぉヴァン……よい働きをしてくれた……」

カリアンは片目を閉じている。

今、カリアンの右目と、ヴァンの右目はリンクしていた。

弟の目を通して、今の一部始終を見ていたのである。

盗み見をしていたというのに一切罪悪感を覚えている様子はない。

むしろ、仲違《なかたが》いしてしまった二人の様子を目にして喜んでいる。

「ヴァン……よくやりましたね。ひひ、よい働きだぁ……」

……ヴァンをレイホワイト邸へ送り込んだのは、カリアンの指示だ。

本来はヴァンに、アルセイフを暗殺させるつもりだった。

今までモンスターを使ってアルセイフを殺そうとしていた。

しかしアルセイフはかなりの力を持っており、ヴァンの使う召喚獣では太刀打《たちう》ちできなかった。

「直接暗殺できれば御《おん》の字……と思ったけどデブ犬のせいで邪魔されてしまった。次の手を考えているところに、絶好のチャンスが巡ってきたわけだ……くく！」

そんなふうに高らかに笑う一方……。

『てめえこのぉ！　放せよぉう！』

天井からロープで吊るされている、一匹の白い犬がいた。

コッコロちゃんだ。

ボンレスハムのようにロープでぐるぐる巻きにされ、蓑虫《みのむし》みたいに、天井から吊るされているのである。

「妙な魔力の波長を感じたと思ったら、デブ犬が一匹。まさかこれが、神獣とはね」

『うがー！　力が出ないぃい……なんだよこのロープぅ……』

「ワタシが今回のために用意した特別な縄です。たとえ神獣であろうと力を弱体化させることができる」

『くぅうう……』

カリアンに探りを入れるため、コッコロちゃんはこのホテルへと忍び込んだのだ。

しかし、そこをあっさりカリアンに捕まったのである。

『アルに何したんだ!?』

「精神干渉系魔法を、ヴァンを通して冷酷なる氷帝にかけたのさ」

『精神干渉……』

「ま、発情する魔法とでも言えばいいですかね♡」

『エロ魔王ぅうう！　やっぱりてめえそういう感じか！　匂いでわかったよ！　おまえは陰湿な！　エロ魔王だってなあ！』

カリアンが仕掛けた魔法により、アルセイフは性的欲求を我慢できなくなり、フェリアを押し倒した。が、すぐに冷静に戻れたのは……。

「ふむ。どうやらこのデブ犬との契約のおかげのようですね。腐っても神獣の加護か。ワタシの魔法を中和されてしまった」

本来なら、カリアンのかけた魔法は、有無《うむ》を言わさず男を暴走させ、フェリアを襲わせるものだったのだが。神獣の加護によって、すんでのところで正気を取り戻したのである。

『フェリとアルに何するつもりだ!?』

「二人には別れてもらいたいだけですよ」

『なぜ!?』

「フェリアさんに、ワタシのものになってもらうためです♡　……あなたもわかるでしょう？　フェリアさんは精霊王の器だと！」

精霊は本来肉体を持たない。そのため、物質で構成されたこの世界で、能力を発揮できない。

だが、精霊を容《い》れるための器があれば別だ。

「フェリアさんは精霊王が、この世界で活動するために、精霊王自《みずか》らが作り出した最高の器。その体には精霊王の力を使う鍵が埋まっている。だから、彼女は聖なる力をはじめとした、精霊王の持つ力を使うことができるのだ……くふふふ、あははは！」

『その器を、横取りしようっていうのかい？』

「その通り！　魔王であるワタシのタネを、精霊の器という最高の畑に植えることができれば……世界最強の魔族が誕生するぅ……♡　そうすれば、魔族はこの世界のトップに再び君臨することができるのだ」

……コッコロちゃんが不愉快そうに顔をしかめる。

『そんなこと……許すと思う？』

「別に君に許してもらう必要はありませんよ、神獣。ワタシは手に入れる。彼女の心、そして肉体を。そして……ワタシの子を孕《はら》ませるのだぁ……くひひ！　あははあ！」

『フェリ……ごめん……何もできない……ごめん……』

コッコロちゃんは捕まってしまい、さらに力を封印されている状態。

カリアンが裏で色々と動いていることを知ってる者が、彼女の傍にはいない。

……と魔王はそう思っているようだった。

慢心していた。だから……彼は気づかなかった。自分の計算ミスに。

四章

●フェリアSide

それから、アルセイフ様は滅多《めった》に屋敷に帰ってこれなくなった。

最近王都周辺で魔物が頻繁《ひんぱん》に出現してるらしい。

騎士団は大忙しだそうだ。アルセイフ様は騎士団の、副団長だ。最前線に出て戦う必要がある。

彼は最初、遅くなっても家に帰ってきた。でも最近はずっと城に泊まり込んでいる。

城へ様子を見に行ってもすれ違うことが多々あって……。

私は、凄《すご》く寂《さび》しい思いをしていた。

彼を拒《こば》んでしまったことをずっと後悔していた。

あの時、彼を受け入れていれば……。

謝りたかった。でもなんて謝ればいい？

性行為できなくてすみませんでした？

……わからない。もう、最近情緒が不安定だ。

そんな私は余計なことを考えないように、訓練に没頭した。

愛の力で精霊王の力を発動できる。

コツを摑んだ私は、みるみるうちに、魔法の腕が上達した。

治癒《ちゆ》術はもちろん、ヒドラと戦った際に使った聖結界も自在に張れるようになった。

また、治癒から派生した浄化の魔法も使用可能となった。

力を物に付与することもできるようになった。

ここまで上達できたのは、きっかけを摑めたこと。

そして……力の使い方を教えてくれた、ヴァン様のおかげだ。

そう……ヴァン様がうちに来た、あの日から、彼はレイホワイト邸に居候《いそうろう》することになったのだ。

もちろんカリアン様の許可は取った。

ただカリアン様は今、用事があるらしく、一度祖国に帰還してるようだ。

魔法の訓練方法については、ヴァン様が知ってるとのことだったので、指導役を交代。

魔王の弟だけあって、ヴァン様も魔法の技術に長《た》けていた。教え方が非常に上手《うま》かった。

そしてヴァン様に指導してもらうようになってから、半月が経過。

私は治癒も結界も浄化も、高いレベルで扱えるようになっていた。

そんな私のもとに……とある、一つの依頼が舞い込んできたのだった。

◆

私はヴァン様と共に、サバリス教授の研究室を訪れていた。

そこにはカリアン様がいて、申し訳なさそうに頭を下げてきた。

「すみませんでした、フェリアさん。指導役を途中で放り出し、帰国してしまって……」

そう謝罪する魔王カリアン様。

いつも余裕ある笑みを浮かべている彼が……しかしこの時ばかりはその余裕を感じられなかった。

額《ひたい》に汗を掻き、いかにも心苦しそうにしている感じが伝わってくる。

……この雰囲気では言い出しにくかった。

半月前、初めてレイホワイト邸にヴァン様が来た時、身体中に怪我を負っていた。

あの怪我の真相について、ヴァン様は一度たりとも語ろうとしなかった。

……嫌な想像だが、もしかしてカリアン様が関わってるのではないか？

私は無礼を承知で、尋《たず》ねるつもりだった。たとえ内政干渉《かんしょう》になろうと、もうヴァン様を他人とは思えなかったのである。……だがしかし、この雰囲気でそれを聞けるはずもない。

「いえ……それでカリアン様。何かあったのですか？」

……とりあえず、問い質《ただ》すのは後回しにしよう。

「実は我が国で、瘴気《しょうき》の被害が深刻化してきているのです」

「瘴気……ですか」

瘴気……確か、人体に有害な、特殊な毒ガスだった気がする。

中和するには、聖職者の使う、強い神聖魔法が必要だとか……。

「天導《てんどう》教会に相談したのですが、あいにく今天導の人たちは忙しく、取り合ってくれないのです」

……そうよね。魔物の数が増えているのは、ここゲータ・ニィガ王国だけではないらしい。

治癒や解毒《げどく》の魔法が使える、聖職者を多く抱《かか》えてる天導教会は、今その対応に忙殺《ぼうさつ》されているのだろう。

教会の助けを得られない状況で、国内での瘴気の発生。

なるほど……カリアン様が一時帰国したのは、こういうわけだったのか。

「そこでフェリアさん。折り入ってご相談があるのですが」

「相談……？」

「ええ」

カリアン様は立ち上がって私の傍まで来ると、跪《ひざまず》いて、深々と頭《こうべ》を垂れる。

「どうか我が国に来ていただけないでしょうか」

……カリアン様は切羽詰《せっぱつ》まった様子だ。

「今、我が国に蔓延《まんえん》する瘴気をどうにかできるのは、貴女《あなた》だけなのです。国中で猛威を振るう瘴気を、その身に宿した奇跡の力で浄化してはいただけないでしょうか？」

カリアン様からの要請。彼の国へ行き、瘴気を払ってほしいというもの。

それは……私にできる仕事であった。

聖なる力を今、完全にコントロールできている。

行って何もできなかったという情けない事態にはならないだろう。

カリアン様……と王弟のヴァン様には借りがある。

この力を自在に使えるようになったのは、二人のおかげでもあるし。

それに、力を持つ者、貴族の義務として、困っている人を助けなければいけないということは、わかってはいる。

……でも、彼はどう思うだろう。

アルセイフ様は……外国行きを許してくれるだろうか……。

「あの……」

一度持ち帰って、アルセイフ様と相談したい。そう伝えようとした。でも……。

「わかります。今ゲータ・ニィガ国内は大変な状態です。毎日騎士の方たちは昼夜を問わず頑張っておられます。そんな状況下でのお願いなんて、図々しかったですね……すみません」

……そうだ。アルセイフ様は、自分のやるべきことを頑張っているのだ。

本音を言うとアルセイフ様に相談したかった。

行ってもいいかなって。

でもそれを言うと、優しい彼のことだ、絶対に自分もついて行くとか言い出す。

そんなことは、させられない。自分の大切な任務を放り出してまで、私についてきてほしくない。

彼の邪魔はしたくない。だから……。

「わかりました。行きます」

「おお、本当によいのですか！」

「……ええ、すぐ、出発しましょう」

すぐに行って、帰ってくる。そうすればいいだろう。

アルセイフ様は幸いにして、今、ほとんど屋敷を空けている。

彼が留守の間、行って、すぐに戻ってくればそれでいい。

私は彼の邪魔をしたくない。

余計な心配をかけたくない。だから……相談せず、魔族国へ行こう。

これが最善手なんだ。

「……フェリア様」

きゅっ、とヴァン様が私の腕を引っ張る。

「？　どうなさったのですか？　ヴァン様？」

ヴァン様は何か言いたげだった。

口を開くも……しかし「むぐぅ！」とまた口を噤《つぐ》む。

「ヴァン、今は一分一秒が惜しい。おしゃべりは、彼女が帰ってきてからにしなさい」

ヴァン様は私をチラチラと見る。だが……やがて諦《あきら》めたように、こくんと頷いた。

……本当に、ただおしゃべりがしたかっただけだろうか。

それにしては、切実そうな顔をしていたけど……。

「さ、参りましょう、フェリアさん。お手を拝借」

カリアン様が私に近づいてきて、手を取る。

ぱちん、と指を鳴らすと足下に大きな魔法陣が展開。

この術式は……。

「転移の術？」

「その通り。さすが聡明《そうめい》なフェリアさんだ。ここから魔族国まではかなり距離がありますからね。馬車などでは時間がかかる。だから、転移魔法を使うことにしました」

そうか……転移魔法があるなら、すぐ行って帰ってこられる。

安心した。

長い時間国を離れるわけではない。

これなら、すぐ、彼のもとに帰ってこられる。

「それでは、いってまいります。ヴァン様」

転移魔法が発動し、私とカリアン様はその場から消えるのだった。

●アルセイフSide

一方、アルセイフは騎士団のメンバーを引き連れ、王都外に防衛線を敷いていた。

天幕の中、アルセイフはテーブルに突っ伏し仮眠を取っている。

「副団長」

「……ハーレイ」

彼の部下、ハーレイが気遣《きづか》わしげな表情を向けてくる。

その手にはコーヒーの入ったカップが握られていた。ハーレイからカップを受け取り一口する。

「魔物……減りませんね」

「ああ……次から次へ、蛆《うじ》のように湧いて出てくる」

アルセイフは報告書に目を通す。

現在、王都周辺の草原で次々と魔物が出現している。

その魔物の種類は様々だ。鳥型、亜人型、全てに統一性がない。

ただ、彼らに共通して言えるのは、全員が王都に向かってきているということ。

そして……出現する魔物のレベルが、ある一種類を除いて、ほとんど高くない点が挙げられる。

「全部がこのレベル程度の魔物なら、我々と冒険者で対処可能なのですが……」

そこへ、騎士団のメンバーが入ってくる。

「アルセイフ様！」

「……出たか」

部下が申し訳なさそうな顔で頷《うなず》く。

アルセイフは剣を手に取って立ち上がり、彼の肩を叩く。

「無力さを嘆《なげ》くな。貴様は、自分のできる最大限の仕事をしている」

「アルセイフ様……」

彼は他者の弱さを責めることなく、外に出る。

そして指定された地点へと向かう。そこには……。

「魔導人形《ゴーレム》！」

身長は三メートルほど。鉱石を粗《あら》く切って繋ぎ合わせ、人型にしたようなボディを持つ。

生き物ではなく、魔法で動く人形だ。自然界にも存在し、偶発的にゴーレムが発生することもある。近年では、魔道具師と錬金術師がゴーレムを研究し、人工的にゴーレムを生み出すことに成功してるらしい。

それはさておき。

「すみません、副団長！　このゴーレム……強すぎて！」

最近よく見かけるゴーレムは、体が神威鉄《オリハルコン》でできており、こちらからの物理攻撃が一切効かない。

また、反魔法物質であるミスリル銀が表面に塗布されているせいで、魔法も一切通じない。

そこで、アルセイフが駆り出されることになる。

「すぅ……ふぅ……」

アルセイフは体に宿した神獣の力を刃《やいば》に込めて、ゴーレム目掛けて振るう。

白銀の斬撃がゴーレムを一刀両断する。

崩れ落ちるゴーレム、そして……アルセイフ。

「副団長！」

アルセイフが倒れる前に、ハーレイが抱き留める。

「すまん……少し仮眠を取る。また、ゴーレムが出たらすぐに呼べ」

「副団長……もう、一度戦線を離脱してください。家に何日も帰ってないでしょう？」

このゴーレムがいるせいで、前線を離れることができないのだ。

部下たちは、ハーレイも含めて、悔しそうにしている。

だが、アルセイフは言うのだ。

「ありがとう。だが……大丈夫だ」

……彼の口からありがとう、なんて言葉が出てくるなんて。

いつもの団員たちなら、フェリアのおかげだと茶化す場面だ。

しかし……。

「俺がここで引き下がるわけにはいかないのだ。俺の後ろには……フェリがいる」

あの街には、彼の守るべき人がいる。だから……帰るわけにはいかないのだ。

団員たちはアルセイフの覚悟を否定できなかった。

彼に、休めと言えるのは、この世でただ一人。

「フェリア様……」

冷酷なる氷帝の妻ただ一人である。しかし当の本人は今、遠く離れた魔族国へと行ってしまっている。

そのことを、彼もその部下も知らない。

●フェリア Side

カリアン様の転移魔法によって、私は彼の祖国へとやってきた。

到着してすぐに感じたのは……。

「げほっ！　ごほっ！」

とてつもない、息苦しさだった。

「はあ……はあ……これが、瘴気……？」

ここは薄暗い、石造りの部屋だ。

祭壇が設《しつら》えられていて、周囲には魔法使いの方が数人立っていた。

彼らは鳥のくちばしのようなマスクをつけており、少し……いや、だいぶ不気味だった。

……アルセイフ様。

ここにはいない彼の姿を、探してしまう。彼に寄りかかりたい、と強く思ってしまった。……私は、なんて弱くなったのだろう。

どんな事態が起きても、実家を追放された時でさえも、私は一人で困難に立ち向かえた。……でも、今は何かあると、すぐに彼の背中を探してしまう。

いけない……こんな弱気でどうする。

私は貴族令嬢。冷酷なる氷帝の妻となる女。

顔を上げて、真っ直ぐに前を向く。

呼吸する都度《つど》、喉《のど》を刺激される、この瘴気。

「瘴気を浄化します」

私は両手を前に突き出し、そして力を使う。

アルセイフ様、見ててください、あなたの妻として、この国の問題を速《すみ》やかに解決してみせます。

こぉお……と両手が七色に輝くと、その光が強くなる。

部屋の隅々まで光が照らすと……。

「凄い……」

「息苦しさが消えた……」

「見ろ！　マスクなしで呼吸ができる！」

魔族の皆さんがマスクを外し、喜んでいる。

……魔族の方がたは、みんな頭に竜のような角を生やしている。

ヴァン様にも側頭部に小さな角が生えていた。（一見すると人間にしか見えないけど）。

……でも、不思議なのはカリアン様だ。

彼の頭部には角は見られない。正真正銘人間の姿をしてる。

「素晴らしいですフェリアさん」

カリアン様は眼鏡の向こうに涙を溜めて、私の前に跪き、手を取って頭を下げる。

「上位の聖職者でも、浄化には恐ろしく時間のかかる瘴気を、まさかこんな一瞬で消してみせるなんて。凄すぎます」

……引っかかりを覚える。

けどそれを指摘してる暇《ひま》はない。私は、すぐに国に帰りたいのだ。

「ありがとうございます。ですが、事態は深刻です。すぐにここ以外の浄化作業に入ります」

「転移でお疲れでしょう。まずは休まれて……」

「結構です。参りましょう」

私は一人先に部屋をスタスタ出て行く。

……黙って出てきてしまい、申し訳ありません、アルセイフ様。

あなたに寂しい思いをさせてすみません。

すぐに、戻ります。……そして、あなたにごめんなさいと、ちゃんと謝りますから。

●カリアンSide

フェリアが部屋から出ていった後……カリアンは自分の体を抱いて、身震いしながら言う。

「ああ……なんて素晴らしい力だ……あれが精霊王の奇跡の力……呪文、術式のアシストもなく、精霊が自《みず》ら進《か》んで、彼女に奇跡を運んでくる……あんな魔法の使い手なんて、長く生きてきて一度も見たことがない……！」

フェリアは知らないだろうが、通常、魔法の行使には、精霊に命令（お願い）が必要となるのだ。

火を熾《おこ》してほしい、と。それが呪文。

精霊は人間からの命令を聞いてやる代わりに、魔力を対価に求める。

そうして利害関係が一致し、はじめて、人は精霊の協力によって奇跡の術……魔法を使える。

しかしフェリアは違う。

フェリアが頼まずとも、祈るだけで、精霊たちが対価なしに動くのだ。

「ああ……ますますあなたが欲しくなりましたよ……フェリア。なんて美味《おい》しい存在に成長したんだ……少し見ない間に……ふふ……♡」

すっ、と配下の者がカリアンの隣に立つ。

「カリアン様、転移儀式の祭壇はいかがいたしましょうか」

すると、カリアンは右手を前に突き出す。

ばごんっ！　という大きな音と共に祭壇が破壊された。

「おや、どうやら魔物がこの城を襲撃したようですね」

長距離移動用の転移術をカリアンは自ら使えなくしてみせた。

これで来た時のように一瞬で転移することはできない。

「国境を封鎖せよ。フェリアをこの国から出すな」

「期限は……？」

「そんなもの、永久に決まってるでしょう？　ああフェリア……君をもう外には出さないよ。ワタシの傍で、ワタシのために、ワタシの子を産み続けてくれ……」

部下はもう一つ質問をする。

「この国にレイホワイト卿《きょう》が乗り込んできたらいかがいたしましょう？」

カリアンはにっこりと笑う。さも当然のように。

「殺しなさい♡」

……カリアンはフェリアを、ここから絶対に出さないつもりだ。

「フェリアはワタシのものです。誰にも渡しません。……たとえ、相手が婚約者であろうと」

絶対の絶対に、カリアンはフェリアを、渡さない。

●フェリアSide

魔族国は私の住んでいるゲータ・ニィガ王国よりも、魔法のレベルが高かった。

街と街への移動には、転送門《ゲート》という、聞いたことも見たこともない空間魔法を使用し、一瞬で移動が可能となっているらしい。

ただこのゲート、特定の場所にしか行くことができず、また門自体を動かすこともできない。発動にはかなりの魔力を必要とするらしい。

しかし魔族国の地中には、魔力結晶が含まれているらしい。

魔力結晶からの魔力を流すことで、いつでもゲートは使用可能。

しかし裏を返すと、地中に魔力結晶の成分が含まれていない国外には、このゲートを設置することはできても、起動、運用させることはできない。

国外へ行くためには物理的に移動するか、儀式による転移魔法を発動させる必要があるそうだ。

とはいえ、儀式発動にはかなりの時間と労力、何より祭壇を作る必要があるため、これもまたコストがかかって、そう易々《やすやす》と国外への転移はできないみたい。

さて。ゲートを使うことで、私は魔族国内を楽に移動できた。

私のルーチンはこうだ。

まずゲートで、ある村なり町なりへ行く。そこに発生してる瘴気に向かって、浄化の力を発動。

瘴気が消えたのを確認した後、すぐさま、ゲートで繋がってる別の場所へと向かう。

早く、早く……国に戻らないと……。でも……。

「聖女様、すみません、この子、怪我をしてて……」

その地の瘴気を浄化した後も、他の問題があることはままある。

たとえば魔物に襲われて怪我をした人がいるとか。

浄化と治療は別の能力だ。一度に同時発動はできない。

だから瘴気浄化後、私は怪我人の治療をしなければならない。

……放っておくことは、心を鬼にすればできるかもしれない。

でも救いの手を乞《こ》われると、どうしても無下《むげ》にはできなかった。

「いいですよ。治療しますから」

一人治療すると、必ず他の人も、と願い出てくる。

浄化だけ済ませれば早く済んだものの、結局治療までしなければならないから……。

「すみません、カリアン様。泊めてもらえるよう、交渉していただいて」

途中で私の力が尽きてしまったためか、全く動けなくなってしまった。

同行してるカリアン様が、村長と交渉し、この村で一泊することになったのだ。

ホントは、アルセイフ様以外の殿方と一つ屋根の下で寝るなんて避けたいのだが……。

どうにも使える家がここしかないそうだ。

それになんだか体も重くて、何もする気力が起きない。

魔力……使いすぎたのだろうか。

「お礼など不要です。こちらはお願いしてる立場ですから。本当にありがとうございます、フェリアさん。浄化だけでなく、治療までも」

「……いえ」

なんだかとても眠い。だるい。もう……だめだ。

私はすぐに、布団の上で横になる。

意識が薄れていく。起きたら、アルセイフ様がそこにいたら……面白いな。

なんか犬みたいだから、そういうことしそう……ふふ。

「アルセイフ様……おやすみなさい……」

●カリアン Side

「まさか毒に対する耐性があるとは……想定外でしたね」

寝静まるフェリアを見下ろしながら、カリアンが憎々しげに呟《つぶや》く。

なんとこのカリアン、媚薬《びやく》をフェリアの飲み水にこっそりと混ぜていたのだ。

フェリアが発情して、カリアンを求める。そして既成事実を作れば、フェリアが手に入る。そういう作戦のもと、高濃度の媚薬を調合したのだが……。

フェリアには一切効いてる様子はない。

「あの媚薬を女が飲めば、たちまち理性を失い、自分から腰を振るようになるというのに……。恐らくは、フェリアに従う精霊たちの仕業《しわざ》だろう」

浄化の力を持った精霊が、フェリアが媚薬（毒）を飲んだ瞬間、力を自動的に発動させているようだ。だから、媚薬が効かないのだ。

同様に、催婬《さいいん》の魔法をこっそりかけようとしても、すべて無効化されてしまっている。これもまた、精霊たちがフェリアを守るため、自分の判断でそうしているのだろう。

「やれやれ、困った女だ。それにしても……やはり貴女は面白い人ですね、フェリア」

すっ……とカリアンがフェリアの隣に座り、彼女の髪の毛に触れるようとする。

ぶわ……！　と突如《とつじょ》として風が吹いて、カリアンを押しのけた。

精霊はどうやら、完全にカリアンを、敵と認定したようである。

「まあいいでしょう。最悪、力尽くでも、貴女にワタシの子を産んでもらいます……ふふ」

酷薄な笑みを浮かべる、カリアンなのであった。

●アルセイフSide

一方その日の夜。王都郊外にて。アルセイフが天幕で仮眠を取っていると……。

「ちょ、駄目ですって！　入っては！」

いきなり外が騒がしくなった。

「道を開けろー！　あたしを誰と心得るの!?　アルちゃんのママよぉ！」

「……母上？」

アルセイフは体にかけていた毛布を払いのけて、外に出る。

天幕の外に出ると……。

「アルちゃん！」

「母上……それにおまえは……フェリのメイド」

なんとアルセイフの母、ニーナが、メイドのニコを引き連れて、王都の外であるここにやってきたのだ。

「馬鹿か！　貴様ら何をしてる!?　今がどんな時かわかってるのか!?」

魔物が大量発生してる。女だけで気安く外を出歩いていい状況ではない。

アルセイフは二人の安全のために叱《しか》りつけた。しかし……。

「馬鹿はそっちよ、アルちゃん！　大変なの！　フェリちゃんが！」

「!?　フェリがどうした!?」

フェリアの名前が出た瞬間、頭の中から、それ以外の全てが吹っ飛んだ。

母の肩を強く抱いて尋《たず》ねる。

「フェリがどうした!?」

「いなく、なっちゃったの……」

いなくなった……。それを聞いて……アルセイフはどこか納得したような気持ちになった。

「ああ……ついに……」

「え？　どういうこと……？」

「……実は、フェリとケンカしてしまったのだ」

この段階において、アルセイフはカリアンがフェリアを連れていったことを知らない。

彼は、フェリアが屋敷に帰ってこないと聞いて、彼女が自分に愛想を尽かせて出ていった、と考えたのだ。

「ケンカって……」

「俺が悪いんだ。俺がいつまで経ってもガキだから。フェリアにいつも迷惑かけまくった……こないだだってそうだ」

フェリアの気持ちも考えず、性行為に及ぼうとしてしまった。

前にフェリアは、そういうのは結婚した後と言っていたではないか。

わかっていた。フェリアがそういうけじめのないことを何より嫌うのだと。わかっていても……自制できなかった。その結果、フェリアは自分を見限って出て行ったのだ。

「ハーレイ……こいつらを王都へ送ってけ」

「副団長……」

「俺は寝る。寝かせてくれ。明日も……魔物を狩らないと……」

……フェリアに嫌われた。もう世界なんてどうでもいい。……そう投げ出さなかったのは、フェリアへの未練があるからだ。

たとえ、フェリアに嫌われたとしても彼女への気持ちは本物。

彼女がこの国にいる限り、自分は剣を振るう……。

「こんの、おばかぁあああああああああああああ！」

ばちんっ！　とニーナがアルセイフの頬を強くはたいた。

呆然とするニコ、ハーレイ、そして……アルセイフ。

「ば、馬鹿とはなんだ……」

「馬鹿よもうバカバカ！　あーもー、なにふてくされてるのよ、この腰抜け！」

「こ、腰抜けとはなんだ……？」

「だってそうでしょ!? フェリちゃんのピンチに、駆けつけようとしないだなんて! とんだ腰抜け野郎だわい! 去勢された犬ですかこの野郎!」

激昂《げっこう》する母を、「お、奥様落ち着いて……」とニコがなだめる。

「ピンチって……単に家を出ていっただけだろ。大騒ぎするほどのことでも……」

「お馬鹿っ!? あり得ないでしょう!? フェリちゃんが、何も言わずにいなくなるなんて!? あの子の何を見てきたの!?」

母がアルセイフを睨《にら》みつけて言う。

「あの子は! 冷酷なる氷帝《ひょうてい》ってあだ名のあなたに、『頭痛が痛いみたいで馬鹿みたいですね』って言う子なのよ!?」

「!?」

「あなたを見限ったのならば、あなたのことを見限ったで、ここが駄目、こういうところが無理、だから別れましょうと、そうハッキリとものを言う子でしょ?」

……そうだ。母の言う通りだ。

「何も言わずに消えたってことは、何も言えない状態にある、つまりなんらかのトラブルに巻き込まれてる、それ以外に何があるの!?」

「…………………でも」

だとしても、アルセイフは……。

「俺は……怖い。フェリに、嫌われたかもしれない……」

「そんなことないですよ！」

今度はニコが、ハッキリと言った。

相手は、冷酷なる氷帝。ニコは彼のことを怖がっていた。

でも今は違う。

「フェリ様は、あなたのこと大好きです！　愛してるんです！」

「!?　ば、馬鹿な……そんなこと……最近言ってくれない……前は、言ってくれたのに……」

ヒドラとの一件があったすぐ後の頃とか、普通に好きと言ってくれた。

でも最近はとんと言ってくれない。それに、近づこうとしても避けられてしまう。

「馬鹿なの!?」「死ぬの!?」「ふ、二人とももう少し落ち着いて……」

ヒートアップする母とニコを、ハーレイがなだめようとする。

「そんなのねえ、アルちゃんのこと、本気で好きになったからに決まってるでしょ!?」

「照れてるから言えないだけなのですよ！　察しろよ鈍感クソ男！」

……照れ。なんて、ことだ。

今の二人の言葉で、全てに合点《がてん》がいった。

好きと言わなくなったのは、それを口にするのが、恥ずかしくなったから。

触れようとしても避けられるのは、嫌いなのではなく、照れてる自分を知られたくないから。

「ああ……あああ、俺は……なんて……なんて、馬鹿な男だ……」

勝手に嫌われてると思い込んで、落ち込んでいた。

……フェリアのピンチに、何をしてるのだ自分は。

「でも……前線を離れるわけには……」

「副団長！」

その時、振り返ると、そこには自分の部下たちが集まっていた。

「おまえら……」

「フェリさんを助けに行ってください！」「ここはおれらに任せて！」「大丈夫っす！　副団長に鍛えられた腕があります！」「あなたがいなくても、前線を維持してみせます！」

「「だから、行ってください！」」

団員たちから叱咤激励《しったげきれい》されたのに続き、ハーレイがアルセイフの肩を叩く。

「副団長。あんたは大人になった。それはとてもいいことだ。でも、今のあんたは忘れちまってますよ」

「忘れてる……？　何を？」

「好きな女の尻を、後先考えずに追い回す、馬鹿犬っぷりをです」

……そうだ。フェリアのことを好きになってから、ことあるごとにアルセイフは仕事中でも構わず抜け出し、フェリアのもとへ駆けつけていた。

その都度、フェリアは自分を叱ってくれた。でも、一度たりとも自分を拒んだことはなかった。

……あの時自分を拒んだのは……心の準備ができていなかったから。

「行ってくださいよ、隊長。自分の女が危ないんだろ？　助けに行かないでどうするんです？」

アルセイフは全員を見渡す。そして、頭を下げた。

それは自然に出た所作《しょさ》だった。

「すまん、私用で一時離脱する。あとは任せる」

全員が頷く。それを見て、アルセイフは「ありがとう」と言って、踵《きびす》を返す。

「さぁ行くわよ、馬鹿息子！　フェリ様奪還作戦だ！」

アルセイフは母とニコを連れて、一度屋敷へと戻ることにした。

「フェリ……待ってろ！　俺が必ずおまえを助け出す！」

# 五章

●フェリアSide

……夢を見ていた。幼い日の夢。

確か三歳くらいだった気がする。その頃の私はまだ分別というものが全くついていなかった。

『やーい落ちこぼれ』

『こっちくんな、落ちこぼれがうつっちまうぞぉ』

同じ年代の子供たちが、私にそんな罵声《ばせい》を浴びせてくる。

落ちこぼれ令嬢。なんの才能も持たず生まれた私につけられた、蔑称《べっしょう》。

この世界の人間なら、誰しも生まれた直後に、女神様から特別な力を授かるという。なのに、私だけ……何も持たない。

そのせいで私は周りの人間全員から、つまはじきにされていた。

『どうして……?』

辛《つら》くなって私は実家を飛び出したことがある。

家出だ。でも行く当ても、頼るツテもない私は、王都から出ることは叶《かな》わず……。

結局、実家の庭の片隅でうずくまることしかできなかった。

『どうして……みんなわたしをいじめるの……どうして、おちこぼれだなんていうの。どうして……どうして……？』

その時だった。

『ごめんね、フェリア』

私の目の前に見知らぬ人がいた。背が高くて、とても綺麗な人だった。

『だれぇ……？』

『この世界の奇跡を司《つかさど》るもの』

『めがみさま……？』

『はは、よく知ってるね。でもそんな大層な存在じゃあないさ』

その人は、男なのか女なのか判然としなかった。

どちらにでも見えたし、どちらでもないように思えた。

私はその人に、辛い胸の内を打ち明けた。

他に私の話をまともに聞いてくれる人なんていなかったから。

しっかり耳を傾けてくれるその人とのおしゃべりを、楽しみたかったのだろう。

……今にして思い返すと、だいぶ怪《あや》しい人だった。

他人の家の庭に、無断で入ってきてる時点で、不法侵入者だ。

でも幼い私はそんな些末《さまつ》なことは気にしなかった。

私の話を聞いてくれる人と、おしゃべりすることに、夢中だったから。

『そっかフェリア、ごめんね』

『？　なんで■■■■さんがあやまるの？』

……その人の名前を、私は聞いたけど、忘れてしまってる。

今も思い出せない。

『女神とは旧知の間柄でね。大昔彼女に頼んだんだ。この世界に僕が受肉するための器《うつわ》を、用意してほしいって。ったく、あいつめ、用意するするって言って気づけば何世紀も経《た》って……ああ、ごめんこっちの話』
■■■■の話は難しくてよくわからなかったことを覚えている。
『とにかく、君は精霊王がこの世界に受肉するための器なんだ。だからまあ、器の作成を頼んだ僕のせいでもあるわけで』

『？？？？』

『えっとね……。まあこれは慰《なぐさ》めになるかわからないけど、聞いてくれ』
■■■■さんは私に目線を合わせて言う。

『才能っていうのはね、所詮《しょせん》は原石にすぎないんだよ』

『げんせき……？』

『ああ。磨けば宝石になれる。でも……磨こうとしなかったら、いつまで経って石ころのままさ。逆に……石も一生懸命に磨けば、それは立派な宝石《さいのう》となる』

『……よくわからない』

『才能も、努力次第ってことさ』

『努力……』

『ああ。努力すればなんだってできるようになる。逆に、努力しなかったら、才能の原石もただの石ころで終わってしまう。フェリア、君はこの先とても苦労するだろう。でも……安心して』
■■■■さんは私の手を取る。
『君には、才能がないっていう、生まれ持っての才能がある。君は努力を重んじる素敵なレディとなるだろう。……これからいっぱい頑張りなさい。そうすれば、君の人生は、輝きに満ち溢《あふ》れたものとなるだろう……』

そう言って、■■■■さんはいなくなった。


……その日からだ。私は泣くのをやめた。

才能がないことを受け入れて、ひたすらに努力し続けた。

努力次第で成功を収められる、ではない。努力しないと何ものも手に入らない。

そんなふうに、価値観の変化が起きたのだ。

……そうやって、気づけば私は、冷酷なる氷帝《ひょうてい》の妻となった。

ここに至るまで、努力を怠《おこた》ったことは一度たりともない。

努力したからこそ、私は今のこの生活を手に入れたと思ってる。

……でも。

……いや。

……だからこそ。

…………私は、自信がないのだ。

彼に、愛されるという、自信が……。

◆

……私は目を覚ます。窓から差し込むのは月明かり、そして、満天の星空。

「私……は……」

ふらふらと立ち上がる。でも……なんだか、体が重い。頭の中が、ぼんやりしてる。呼吸が荒い。

……何、これ？

「風邪……？」

頭に靄《もや》がかかったみたいだ。思考がまとまらない。

熱い……体が……すごく……熱い……。

あれ、私は何やってたんだろう……。

ここは……？

いや、冷静になるんだ。ここは、魔王カリアン様の領土。魔族国。

私は瘴気《しょうき》に冒《おか》されているこの国を救うため、カリアン様と一緒に転移してきたのだ。

本当はさっさと仕事を終えて、屋敷に帰りたかった。

そして、アルセイフ様と体の関係を……。

「って、何を考えてるの……私……」

駄目だ。喉《のど》が渇《かわ》く。頭が重い。熱い……熱い……熱い……。

「熱で……ダウンしてる、暇《ひま》なんて……ない……」

私は帰りたかった。彼の胸の中に。そして、謝りたかった。

彼を拒《こば》んだことを。

……私に、アルセイフ様を拒む資格なんてないのに。

……私は所詮《しょせん》落ちこぼれの令嬢。冷酷なる氷帝の妻として、政略結婚で嫁《とつ》いできただけの存在にすぎない。彼から求められて、拒んでいい立場にない。

彼のことを愛する資格も、彼から愛してもらう資格もないのに……ああだめだ。思考がまとまらない。とにかく、瘴気だ。瘴気を、なんとかするんだ。

帰らないと。そのことだけを、考えよう。

「ふう……ふう……ふう……」

重い体を引きずりながら、私は外に出る。

ここは魔族国内にある、とある村。

私はこの国全ての瘴気を浄化する必要がある。

「どうやって……そもそも、そんなこと……私にできるの……？」

その時だ。

『できるよ、君なら』

……そこには、夢の中に出てきた、綺麗な人が立っていた。

宙に浮いて立つその人は……。

幼き頃出会い、私に生き方を示してくれた人。

男とも、女とも判断がつかない、けれど、人間離れした、存在。

「■■■■……さん？」

忘れてたはずのその人の名前が口を突いた。

でも不思議なことに、自分の口から出てるはずなのに、その人の名前を認識できない。

『はは、僕を覚えてるんだ。光栄だね。さ……フェリア。おいで』

[redacted]さんが私に手を伸ばす。

彼？　彼女？　が私の手を取ると、そのまま私を空へと誘《いざな》う。

「体が……浮いてる……」

どんどんと空へ昇っていく。おかしい、人が空を飛ぶことなんてできないのに……。

『できるさ。今の君は、昔の君じゃあない。精霊王としての器が完成したんだ。君は、精霊の力を行使できる』

「精霊の力……」

『精霊とはこの世界に奇跡をもたらす特別な存在。スキルも、魔法も、すべては精霊が人間たちにもたらすもの。その精霊に誰よりも愛されてるのがフェリア、君だ』

……駄目だ。理解が追いつかない。

頭が重い……体がだるい……熱い……熱い……。

『ふぅん、魔王のやつ、フェリアに媚薬《びやく》なんて盛って。やらしい男だ。でも、まあいいか。僕も君の腹から生まれる子にも興味があるしね』

び、やく……？　なにいってるの……？

わからない……わけわからない……なに……？

『さ、着いたよ。お空の上だ』

■■■■さんが、私の背後から言う。
眼下には雲海が広がっていた。
私の後ろに■■■■さんがいる。そして、私の右手を取って、前に出す。
『さぁ、唱えて。僕に続いて……』
私の口から、■■■■さんの言葉が紡《つむ》がれる。
「『力の根源たる精霊王が命じる。聖なる光よ、この国の瘴気を全て、浄化せよ』」
強い力のこもった言葉だと思った。
私が呪文を唱えた次の瞬間……。
ぶわ……！　と分厚い雲が綺麗さっぱり消えた。
そして、国中に広がっていた、瘴気が浄化されてる。
『おめでとう、瘴気は全て消え去った。やっぱり君はすごい器だ』
「……はぁー、はぁー、はぁー」
『もう何も聞こえてないか。ま、あとは任せるよ、君に』
何を言ってるの……？
■■■■さん、どこぉ……？
彼？　彼女？　が消えて、私の体が落ちていく。
意識も、また……落ちていく。

そんな私を、ふわりと優しく抱き留める人がいた。

「あるせいふ……さまぁ……？」

ああ、やっぱり彼が来てくれたんだ。私のピンチにいつだって彼は駆けつけてくれるんだもの。

ほんと、頼りになる人。大好き……愛してる……。

愛してるのに……苦しい。

「ねえ……わたしを……愛してぇ……」

私の口から出たのはそんな幼子のような言葉。

しかし、その言葉には、私の願い全てがこもっていた。

そう。私は、私はずっと……誰かに愛してほしかったんだ。

なんで、そんな簡単なこと、気づかなかった……ん……だろ……。

「くひひっ！　ああ、お望み通り、たっぷり可愛がってあげるよ。フェリアぁ……」

……その声は、愛《いと》しの彼の声ではなく、悪魔のささやきだと気づく前に、私は意識を手放したのだった。

●アルセイフ Side

一方、アルセイフはいなくなったフェリアを探していた。

しかし手掛かりが何一つない状態だ。

「ニコ！」

「ひゃい！」

メイドのニコにアルセイフは尋《たず》ねる。

「フェリはいなくなる前、どこに行ったか知ってるか？」

「えと、確かカリアン様から呼び出しを受けたといって、サバリス教授の研究室に行ったかなと」

ニコから仕入れた情報をもとに、国立魔法学校へと向かうアルセイフとニコ、そしてニーナ。

深夜ということで、魔法学校の門は閉まっていた。

守衛がアルセイフたちに気づいて声をかけてくる。

「なんだね君たちは？　今何時だと……」

「俺は王国騎士団、副団長のアルセイフ＝フォン＝レイホワイトだ」

「れ、冷酷なる氷帝!?」

ああ、よかった。効果覿面《てきめん》のようだ。このくだらん悪名も、たまには役に立つみたいだ。身分を証明するなんていう、無駄な時間が省《はぶ》ける。

「中に入れろ、緊急事態だ！」

「はひぃいいいいい！」

アルセイフはニコたちと共に魔法学校の中に入る。

研究室にフェリアやカリアン、サバリスがいるかはわからない。が、研究室に閉じ込められているもしれない。

サバリス教授の研究室に一直線に向かう。

「フェリ！」

しかしそこには、明かりの消えた部屋が広がってるだけだ。

「フェリ！　どこだ、フェリ！　返事をしてくれ！」

すると……。

どたん！　ごそごそ！

「！　フェリ！」

「クローゼットの中から音がしたわね！」

アルセイフとニーナは、部屋に備えつけてあるクローゼットへと向かう。

ニーナがドアに手をかける。

ばちぃん！

「いったた！　なにこれ電撃？　もしかして結界とか？」

ドアは開けられないよう、結界により封印されていた。

アルセイフは少しだけ緊張の糸が緩《ゆる》む。隠してあるということは、ここにいるかもしれない。

「どけぇ！　俺が、切り裂く！　ぜやぁあああああああああ！」

アルセイフは剣を引き抜いて渾身《こんしん》の一撃を放つ。

結界にはパックリと切れ目が入った。

「フェリ！」

『もがー！』

ぶにゅっ。……中から出てきたのは、白くてぷにぷにした、毛の塊《かたまり》だった。

このでっぷりした感じには見覚えがあった。

「コロ助！」

閉じ込められていたのは、神獣コッコロちゃんだったのだ。

口を閉じ、四本の足を折りたたんだ変な状態で、床に転がってる。

「あらまぁ、コッコロちゃんどうしたの？　クローゼットの中になんて入って」

「ニーナ様、神獣様おかしくないですか？　一言も喋《しゃべ》らないなんて？」

「確かに、何か見えないもので縛られてるような」

なるほど、とアルセイフはすぐに行動に移す。剣でコッコロちゃんを斬ったのだ。

「ええええ！　斬ったぁ!?」

いきなりの行動に驚く二人。

「だめよアルちゃん！　いくらコッコロちゃんとケンカばかりしてるからって殺すだなんて」

『そうだぞ！　殺す気かてめぇ！　コロ助だけにってかぁ!?』

「うまい、って て！　コッコロちゃん！　あなた生きてるわよぉ!?」

ニーナとニコが大いに驚く。それもそのはず、アルセイフはデブ犬のたぷたぷボディを一刀両断したはずだった。

しかし無傷、しかも喋れるようになっていたのだ。

「このデブを拘束してたものだけを斬った」

『非常時だからまあ許すけど……まあいいや。それより大変だ！　フェリが魔王に狙われてる！』

コッコロちゃんは一部始終を話す。

彼はカリアンに捕まった後、このクローゼットに閉じ込められていたらしい。

『このクローゼットには魔法の力を弱める力があるみたい。だから自力で脱出することも、助けを呼ぶこともできなかったんだ。そこの彼みたいに』

「彼、だと？」

するとクローゼットに体を突っ込んだニコが叫ぶ。

「大変です！　奥にもう一人！　このお方は……さ、サバリス教授!?」

なんとサバリス教授もまた、コッコロちゃん同様に、見えない何かに縛られて、この中に閉じ込められていたのだ。

アルセイフはコッコロちゃんと同様の処置をする。

「助かったよ……レイホワイト卿《きょう》」

「あなた、どうしてこんなところに閉じ込められてたの……？」

「友の暴走を、止めようとしたのだが、返り討ちにされてしまってね」

サバリスはカリアンが、弟のヴァンを使って悪巧《わるだく》みをしていることに気づいたようだ。

やめるよう説得したのだが、しかし失敗。コッコロちゃん同様に縛られて、ここに拘禁されていたのだという。

「あの魔王は何を企《たくら》んでいるのだ!?」

「……フェリアさんを、自分のものにしようとしてる」

『フェリに自分の子供を産ませるとか言ってた！ 身も心も奪ってやるって！』

……その瞬間、アルセイフの体から恐ろしい量の魔力がほとばしる。

彼の怒りが魔力とともに、噴出しているのだ。

「あの……クソ眼鏡！！！！！！！！！！！ 殺す……！」

フェリアはアルセイフにとって、かけがえのない存在だ。

そんな彼女を奪おうとする、カリアンがゆるせなかった。

「どこだぁ!? 魔王ぅ!? 殺すぅう！ 貴様だけは殺さないと気が済まん！」

サバリス、そしてコッコロちゃんはふるふると首を横に振った。

「すまない、どこへ行ったかまではわからない」

『ふぇりの匂いを追跡したけど、この研究室でぱったり途絶えてるんだ……』

そんな……。フェリの居所がわからないということになる。

「フェリ……！　くそ……何か手掛かりとなるものはないのか……」

その時だった。

「話は聞かせてもらったよ、レイホワイト卿」

「お、おまえは……ここになんの用だ!?」

「一応私はこの国の次期国王なんだけどね」

苦笑しながら入ってきたのは、ハイア王子だ。

複数人の護衛と、そして隣には……。

「あら、ヴァンちゃんじゃあない……」

「アルセイフ様!?」

彼は誰よりも速く剣を抜いて、王弟ヴァンに斬りかかろうとする。

がきぃん！　という音と共に、その一撃を受け止めたのは、ハイアの剣だった。

「どけ！」

「落ち着きなさい」

「斬る！」

「馬鹿者！」

そう一喝すると、ハイアは剣を持っていない方の手で、アルセイフの頬をぶん殴った。

その場にいる全員が、唖然とする。

ハイア王子といえば、温厚な性格で知られている。

誰かに手を上げることなんて、決してしない人だと。

「おまえが今！　この子を斬って！　リアが喜ぶとでも思うのか！」

「！」

頭に上っていた血が、フェリアの名前を聞いただけで、下りていく。

憎き魔王の弟というだけで、アルセイフは逆上し、彼を殺そうとしていた。

「落ち着きたまえ。王弟がいまだ魔王カリアンとグルならば、ここにいるのは変だろう？」

確かに、一緒に魔族国へ行っていないのはおかしかった。

「それに彼は城に助けを求めに来たのだよ。兄を止めてほしい、ってね」

ヴァンが魔王の協力者ならば、あり得ない行為だった。

他者に助けを乞《こ》うだなんて、そんなの、兄の野望を邪魔するようなものではないか。

「お願いします……兄上を止めてください！　あの人は……暴走してる。あの人を止めて。フェリアさんを……助けてください！」

……罠《わな》かもしれない。そういう考えがよぎる。

嘘かもしれない。でも……。

「貴様の兄とフェリは今どこにいるのだ？」

アルセイフは信じることにしたようだ。

フェリアを助けてほしい、そう願うヴァンの瞳に、嘘の色は見えなかった。

そして理解した。この子供もまた、フェリアに救われた者の一人であると。

「……信じるの、ぼくを？」

「ああ。おまえも俺と同じく、フェリアの無事を心から祈っている。そうだろう？」

「うん……ぼくは、フェリアおねえちゃんに助けられた。あの人に、優しくしてもらえたから。兄上の操り人形じゃなくて、一個人として……ぼくに、優しくしてくれた、あの人を。助けたいんだ！　おねがい！　助けてよ！」

アルセイフは言いたいことをぐっと飲み込んだ。

元はといえばおまえの兄のせいでとか、おまえがもっと早くに兄を止めていれば、とか、諸々《もろもろ》。

だがしかし彼は言う。ただ一言。

「任せろ」

今のアルセイフは、フェリアを救出することだけを考えていた。

そのためなら、それ以外のことには目を瞑《つぶ》ろう。

「兄上はフェリアおねえちゃんと共に、魔族国に帰ってる」

「しかしここからかなり距離があるのではないかね？　少年」

ハイアの言葉に、ヴァンが頷《うなず》く。

「転移の儀式魔法を使ったんだ」

「なるほど……転移魔法。それなら一瞬で飛べるな。ということは、我々もそれを使えば助けに行ける……？」

「ううん。兄上は転移の儀式に必要な祭壇を破壊した。さらに、助けが来れないよう、魔族国の国境を封鎖している」

「転移魔法も駄目、陸路も駄目……か。転移は高等魔法だ。今この国に使い手はいない」

……転移魔法も使えず、陸路での侵入も不可能。

そもそも魔族国へはまともな手段で向かっては、数日はかかってしまう。

「一体どうすれば……」

誰もが黙りこくっている中、コッコロちゃんが真剣な表情で、ハイアに言う。

『王子様。相談があるんだ』

「これは、神獣くん。いかがした？」

コッコロちゃんはハイア……次期国王にとある提案をする。

その内容を聞いて、一瞬顔を顰《しか》める。

「それは……」

『うん、わかってる。過去の行いは、消せない。ボクが犯してしまった罪は重い。でも……でもボクは……フェリを助けたいんだ！』

ハイアはしばし黙考《もっこう》する。そして、ふっと笑った。

「わかった。ハイア＝フォン＝ゲータ＝ニィガの名において、君からの提案を、受け入れよう」

『！　いいのかい？』

「ああ。けれど神獣くん、君にはそれ以外にも働いてもらうよ。大事な私の、幼馴染み救出のために」

ハイアとコッコロちゃんの話し合いに、その場にいるほとんどの人がついていけてない。

「レイホワイト＝フォン＝アルセイフ」

「なんだ……？」

ハイアは真面目《まじめ》な顔でアルセイフに言う。

「全てを捨てて、愛する女を助ける覚悟はあるかい？」

ハイアが何を言ってるのか、わからなかった。

だがたった一つだけ、わかってることがある。

「当たり前だ。俺は……愛する女を、フェリを、助けたい！　そのために、捨てられるものは全て捨てる！」

「……君ならそう言うと思ったよ」

ふっ、と笑った後、ハイアはこの場にいる全員に言う。

「いいかい。これは賭けだ。だがもうこれしか方法はない」

ハイアの作戦を聞いて、アルセイフは目を丸くし、コッコロちゃんを見つめる。

だが、すぐに二人は……否《いな》、一人と一匹は頷《うなず》いた。

「よし……では、疾《と》く向かうのだ！　リアのもとに！」

●カリアン Side

一方、魔王カリアンはというと。

魔族国の首都、オズシカ。

薄紫色の美しい魔力結晶で造られた街並みが広がる。

しかし分厚い暗雲に覆《おお》われ、昼夜問わず闇に覆われるその国において、魔力結晶でできた巨大な城は、怪しげな雰囲気を醸《かも》し出していた。

魔王城、カリアンの寝室にて。

巨大なベッドの上には、脱がしやすい、かつ扇情的《せんじょうてき》なネグリジェ姿のフェリアが寝かされていた。

彼女は額《ひたい》に汗をかいて、荒い呼吸を繰り返している。

彼女に飲ませた媚薬が、しっかりと作用してるようだ。

「くふふ……媚薬がいい感じに回ってきたでしょう？　男が、欲しくてたまらないのではありませんか？」

カリアンがにんまりと、満足げに笑っている。

「媚薬……毒もですが、あなたには効かないはずでした。あなたが精霊王の力をその身に宿してる以上、オートで解毒《げどく》されてしまいますからね。だから……私はあなたの不安を煽《あお》った。魔法が、精霊を操る力が、不安定になるように」

「アルセイフさまぁ……きらいにならないでぇ……」

魔法を使うためには、強い思いの力が必要だ。

フェリアの場合は、愛する彼を想うことが、精霊を従えるキーとなる。

そこで、カリアンは一計を案じ、フェリアに対するアルセイフからの愛を疑うよう、言葉をもってフェリアを惑《まど》わせたのである。

「あなたは不安なのですね。常に怯《おび》えている。愛する男から、愛されなくなってしまうのではないかと」

こくんこくん、とフェリアが素直に頷く。

「貴女は無能だった。だから、何か欲しいものを手に入れるときは、多大なる努力をしてきた。努力なくして手に入れることなど不可能だと、そう強く思っていた。だから、アルセイフから一方的に、愛してるだの、好きだのと言われても、確信を得られなかったのだな」

「だって……だって……私は、なにもしてないから……愛される、努力も、好きになってもらえるような、見た目も……してないからぁ……」

幼子のように泣きじゃくるフェリア。

その不安に、カリアンが付け込む。

「貴女の言う通りだ。フェリア。貴女は愛される努力をしていない。だから愛されるわけがないのだ」

「ううう……ううう……」

「冷酷なる氷帝が貴女を求める理由なんてない。お遊びなんですよ。彼にとって貴女なんて、必要じゃない。弄《もてあそ》んでいるだけ。公爵家との繋がりが欲しいだけですよ」

「ちがう……あるせいふさま……は……そんな人じゃない……そんな……」

「男は打算的な生き物ですよ。私もそうです。私はフェリア、あなたの体が欲しい。心は手に入らなくてもいい」

カリアンがフェリアのネグリジェに手をかける。

「ワタシは、精霊王の器である貴女が欲しい。もしも体をワタシに差し出すというのなら、貴女に無償の愛をプレゼントしましょう」

……悪魔は狡猾《こうかつ》だ。

欲しい言葉を、欲しいものを、心の弱った者の前にちらつかせ、契約を持ちかける。

「むしょうの……あい……」

「ええ。愛されたいのでしょう？　あなたがＹｅｓと言うだけで、あなたはワタシからの永遠の愛がもらえる。さぁ……受け入れて。フェリア。ワタシを……」

カリアンがフェリアのネグリジェを脱がせようとする。

「言葉にするのが恥ずかしいのなら、何もしなくていい。ただワタシに身を差し出すんだ。天井のシミを数えていればいい。すぐに、天国に連れてってあげましょう」

フェリアは、しかし……。

「いや」

「？」

「いやぁ……私……私……アルセイフ様が、好きぃ……。アルセイフ様から、愛されたいの……」

誰でもよいわけではない。

フェリアが、本当に愛してる男からの、愛が欲しいのだ。

「それは無理だと言ってるでしょう？　ワタシで手を打ちませんか？」

「わかってるよぉ……でも、でもいやなんだもん……私は……私は……アルセイフ様を、お慕《した》いしているんだ！」

その時だった。

「『フェリぃいいいいいいいいいいいいいいいいいいいいいいいいいいい！』」

どがん！　という音とともに、天井が破壊される。

キラキラ……と魔力結晶の破片が頭上から降り注ぐ。

「馬鹿な……!? おまえは……!」

そこにいたのは、白い神聖なる獣に跨《また》がる、銀髪の騎士。

彼の右手からは魔力の光が発せられている。

侵入路を確保するため、氷の塊《かたまり》を生み出し、それを城の屋上にぶつけたのだ。

フェリアのうつろだった目に光が灯《とも》る。

「アルセイフ様ぁ……!」

アルセイフ=フォン=レイホワイト。

冷酷なる氷帝が、神獣コッコロちゃんを駆って、魔族国の夜空に浮かんでいるのだった。

# 六章

●アルセイフSide

アルセイフは魔族国に、コッコロちゃんと共に乗り込んだ。

魔力結晶でできた城の天井をぶち破り、魔王の寝室へと侵入。

「!?　フェリ!」

フェリア。愛する女の無事を知って、ほっ……と安堵《あんど》の息をつく。

それもつかの間。

「魔王ぉおおおおおおおおお!」

アルセイフは抜剣《ばっけん》し、カリアンに斬りかかろうとする。

しかし……がきぃん!　と謎の、透明な何かに斬撃が阻《はば》まれる。

「これはこれは、レイホワイト卿《きょう》。夜分に魔王の寝所《しんじょ》を襲うなんて。戦争でも引き起こしたいのですか?」

カリアンはすでに冷静さを取り戻してるようだ。

一方でアルセイフは激情を刃《やいば》に乗せ、その見えない何かを叩っ切ろうとする。

だがいくら剣で切りつけても、魔王に攻撃が届かない。

「アルセイフさ……きゃあ！」

「フェリ！」

フェリアの体に何かがまとわりつく。

「あ……んく……なにこれ……」

『フェリを返せ〜！　ぎゃおーん！』

巨大化コッコロちゃんがフェリアに駆け寄る。だが……やはり何かに阻まれた。

フェリアの周囲にある何かに色がつく。

それは、フェリアを覆《おお》う、巨大な結晶体。

『魔力結晶……フェリが魔力結晶の中に閉じ込められちゃったよ！』

「見ればわかる。……おい魔王、さっさとフェリを返せ。そうすれば……」

カリアンがにこりと笑う。

「返せば、命だけは助けてくれるんですか？」

「いや、苦しまずに殺してやる」

アルセイフにとって、カリアンは、もう極刑ものの罪をいくつもしでかしている。

カリアンは、殺す。絶対に殺す。その強い気持ちが彼の内側から噴き出て、それが魔力の嵐となり、周囲に氷雪の交じった暴風を発生させる。

触れれば全てを凍りつかせるような、そんな強い氷の魔法を、意識せず発生させている。

だがカリアンは怯《おび》えることも、怯《ひる》むこともなく、笑って尋《たず》ねる。

「ここへはどうやって？　いや待てよ、そうか……ハハハ！　これは驚いた。神獣の封印をあなた、解いちゃったんですねえ」

「どういう……こと……？」

フェリアが不安げに尋ねてくる。

「フェリ、そいつの言葉に耳を貸すな。すぐに俺が終わらせるから……！」

アルセイフが床を蹴って、跳躍。大上段からの大振りの一撃を放つ。

だがカリアンはそれを透明な何かで防ぐ。

『こんのぉ！　噛みついてやるぅう！』

コッコロちゃんもまた魔王に飛びかかる。

カリアンは涼しい顔をしたままだ。

『ああん！　またこれぇえ！　動けなくなったよぅ！』

「コロ助!?　くそ……何をされてるのかわからん……」

コッコロちゃんが、クローゼットに閉じ込められていた時のように、見えない何かに捕縛され、床に転がされる。

　体が大きくなり、力も強くなっているのだが、しかしカリアンのそれを振りほどけない。

「レイホワイト卿……いや、アルセイフ。君は貴族の地位を捨てたんだね」

「!?　ど、どういうことなの……?」

「簡単な話さ。っと、その前に……」

　ぐんっ、とアルセイフが後ろに吹っ飛ぶ。

　どがんっ！　という音と共に、彼は壁に激突する。

「アルセイフ様!?」

「くそ……が……」

　這《は》いつくばる彼を見下ろしながら、カリアンは悠々と言う。

「アルセイフ。ワタシと決闘しましょう」

「決闘……だと……?」

「ええ。ワタシとあなた、一対一で戦うのです。勝った方がフェリアを手に入れる」

「ふざ……けるな……!」

　カリアンからの提案に、ぶち切れながら立ち上がろうとする。

　だが何かに上からのしかかられる。

「もしルールを呑むというのなら、君ら二人が手も足も出ない、これを使わないと誓いましょう」

ずずずず……という音と共に、目の前に化け物が出現する。

『す、スライム……？』

「ええ。自在王《じざいおう》スライム・キング。あらゆるものに姿を変えることのできる、最強のスライムです」

姿を現したのは、どう見ても巨大な水の塊《かたまり》。

しかしそこから触手が伸びて、コッコロちゃんの体に巻きつき、さらにアルセイフの体を上から押さえつけている。

「自在王は形だけでなく色も変えられます。透明になることも可能です」

『そ、そうか！　透明なスライムボディで、ボクらの攻撃を防いでやがったのか！　卑怯者《ひきょうもの》！』

「決闘を受けるのなら、自在王は使いません。アルセイフとワタシ、純粋な力比べで、雌雄《しゆう》を決しようではありませんか。どちらが、フェリアの男にふさわしいか」

一対一の決闘。つまりコッコロちゃんは援護ができなくなる。

その代わりに、向こうのウザいスライムの邪魔も入らなくなる。

「………………決闘なんて却下だ。フェリは、物じゃあないぞ」

だが、しかし。

「勝てばフェリを解放するんだな？」

「ええ、偉大なるノアール神に誓って」

最高神の名の下《もと》に、魔王は正式な決闘を申し込んできた。

アルセイフは……。

「わかった。受ける」

『アル！　いいのかい？　どう考えてもあいつ、怪《あや》しいよ！　この陰険な男が決闘なんて、まともに挑んでくると本気で思うのかい⁉』

策士であるカリアンが、そんな真正面でのぶつかり合いをしてくるはずがない。

何か仕込んでくる。コッコロちゃんはそう危惧《きぐ》しているようだ。

しかしアルセイフは言う。

「俺が勝てばいいだけのことだ。フェリ……おまえはそこで見ててくれ。俺が、勝つ姿を」

「…………」

アルセイフの真っ直ぐすぎる言葉と眼差《まなざ》しを……。

しかし、フェリアは俯《うつむ》いて、受け止められないでいる。

それでいいと、アルセイフは思った。

「では、始めましょうか。正々堂々、一対一の決闘を」

◆

カリアンが自在王をどかせる。
アルセイフは立ち上がり、武器を構える。片手に剣を持つ。腰には、神獣の剣《つるぎ》。
まだ奥の手は使わないようだ。
「では、ワタシの得物《えもの》はこれを使いましょうかね」
いつの間にかカリアンの手には、巨大鎌《デスサイズ》が握られていた。
黒い柄《え》の先端に、鋭利な刃が弧を描いて装着されている。
死神の鎌、という言葉が脳裏をよぎる。
白銀の剣を構えるアルセイフ。
漆黒《しっこく》の鎌を携《たずさ》えたカリアン。
先に動いたのはアルセイフだった。
「ぜやぁあああああああああ！」
氷雪の烈風を発生させる。その推進力で以《もっ》て、カリアンに肉薄。
カリアンは涼しい顔でその場から動こうとしない。
『獲《と》った！』
だがアルセイフの手から、剣がすっぽ抜ける。
『なにぃ!?　どうして武器が手から抜けるんだよ！』
「胴体ががら空きですよ」

カリアンが大鎌を悠然と振るう。

ざしゅっ、という音と共に、アルセイフが傷を負う。

『アル！　くそ……何しやがった！　アルが武器を自分から放り投げるわけない！』

武器を失ったアルセイフは、見た。

デスサイズの柄の部分から、黒い触手が伸びていることに。

「まさか……貴様。その大鎌。自在王でできてるんじゃあないだろうな!?」

「さて、どうでしょう？　これはこういうふうに形を自在に変えることができる武器ですよ♡」

「くそが……！」

アルセイフが殴りかかろうとする。

しかし、見えない何かによって、動きを阻まれる。

『どう考えても自在王じゃん！　さっきのやつじゃん！　きったねー！　一対一とか言って、結局配下のモンスターを使ってるじゃあないか！』

「そんな証拠どこにあるのです？」

たしかに自在王は姿を消せる。見えない相手の正体を暴くのは無理だ。

大鎌が自在王の変化してる姿だと、暴く手立てもない。

そういう武器だと言われてしまえばおしまいである。

「さぁ、憂《う》さ晴らしに付き合ってもらいましょう……かね！」

アルセイフは自在王によって体を拘束され、動けない状態。

そこに、カリアンが近づいてきて、拳でアルセイフの顔面を殴った。

「大人の、邪魔を！　するんじゃあねえぞ！　ガキ！」

カリアンは本性を露《あら》わにしていた。

常に笑顔の仮面の下には、醜《みにく》く歪《ゆが》んだ凶悪な顔があった。

「しかし馬鹿なガキだ。貴族の地位を捨ててまで、この国に来るとはなぁ！」

「……それって、どういうことなんですか？」

フェリアが弱々しい声で言う。

カリアンは嫌らしい笑みを浮かべながら答える。……フェリアの心を折るために。

「彼はね、神獣氷魔狼《フェンリル》の封印を解除したのだよ」

「コッコロちゃんの封印を……？」

「ええ。彼らレイホワイト家の初代当主は大昔、荒ぶる神獣を封印した。その功績をたたえられ、彼は貴族の地位を手に入れた……。しかし、その末裔《まつえい》のアルセイフが封印を解いてしまった」

「ど、どうして……？」

カリアンは実にいやらしい笑みを浮かべて言う。

「この国に来るためでしょう。神獣は。この世の何よりも速く、宙を駆け抜けることができますからね」

「そん……な」

フェリアにその話を聞かせたくなかった。

止めようとするがしかし、自在王に手足を縛《いまし》められて身動きできない。

その間、カリアンは何度も、アルセイフの顔面を殴る。

「神獣を封印したことで貴族の地位を手に入れたのだ。封印を解けばそれを失う！　そーんな簡単な理屈もわからないとは！　なんとも、馬鹿な男ですねえ！」

封印を解いたのは、コッコロちゃんに乗ってこの地に来るため。

元の状態では、レイホワイト家の屋敷から出れなかったから。

「私のために……地位を捨てて……何を考えてるのですか……？　馬鹿なんですか……？」

「そうだよぉ、フェリア。こいつは馬鹿なのさ。女を助けることで頭がいっぱいで、損得勘定ができていない。本当に馬鹿な男だよぉ、なぁ？　そんな馬鹿より、この聡明《そうめい》な魔王様のほうが、よっぽどいいと思わないかい……？　なあ、フェリアぁ……」

魔王は言葉で、フェリアを惑《まど》わせようとしてる。

アルセイフの愚行をあげつらうことで、フェリアの中での、彼の価値を貶《おとし》めようとする。

だが……フェリアの耳に、カリアンの言葉は届いていない。

「どうして……？　アルセイフ様……。貴族の地位を捨ててまで、どうして……私なんかを助けにきたのですか……？」

フェリアは涙を流している。しかし嬉し涙では、決してなかった。

「わた……私は、落ちこぼれで、愛想のない、氷の令嬢。あなたにふさわしい女なんかではない。そんな……女のために、どうして？」

泣いているフェリアに向かって……。

アルセイフは、笑った。

窮地《きゅうち》に立たされているというのに、彼は……フェリアを安心させるためだけに、苦手な笑顔を作ってみせた。

「おまえを、愛してるから」

●フェリア Side

アルセイフ様が私を助けに来てくれた。……嬉しい、嬉しいけど、どうしてって気持ちの方が強かった。

私なんかを助けるために、全部捨ててくるなんて、どうして？

それに対して、アルセイフ様はすごくいい笑顔で言ってくれた。

愛してるって……。

「嘘……嘘ですよ……」

私は彼の言葉を素直に受け止められなかった。

「だって……だって私は、あなたに愛されていい女ではない。あなたに、愛される努力、なにも……してこなかった……」

ぽたぽた……と私の頬を涙が伝う。

「私は……口うるさいでしょう？　ああしなさい、こうしなさいって。他の令嬢たちみたいに、愛想笑いの一つもできない。いつも、頭ごなしに叱《しか》ってしまう。すぐに駄犬とか、野良犬とか、言うし……」

それに。

「殿方に求められても、体一つ、開けやしない……」

自分で言ってて悲しくなった。

私はほんと、女として、何の魅力もなかった。

愛される努力を一切してこなかった。

だから……彼が私のこと、愛してるわけがないのだ。

「もうやめて、アルセイフ様。帰って……私のことは、ほっといてよぉ……」

しかし、彼は私がこれだけ言っても聞かないのだ。

「嫌だ。俺はおまえを愛してる」

……やめて。そんな優しい言葉を言わないで。

その温かい笑顔をこちらに向けないで。

……信じてしまいそうになる。

「嘘だ……」

「ホントだ」

「私を口うるさい女だって思ってる」

「礼儀を身につけることができた」

「愛想笑いの一つもできない」

「クールなおまえが大好きだ」

「すぐ、あなたの頭をぶって……しまうし」

「俺に突っ込めるやつは世界でおまえだけ」

「野良犬とか、駄犬とか言っちゃうし」

「まさに俺にぴったりな呼び名だなぁ」

「でも……」

「うるさい！」

アルセイフ様が大声を出す。けど……彼は、今まで見たことないくらい……。

綺麗な笑みを浮かべて、私に言うのだ。

「フェリ、俺はおまえを愛してる。俺のこと……冷酷なる氷帝《ひょうてい》と、色眼鏡で見ず、アルセイフ＝

フォン＝レイホワイトとして見てくれた。おまえは、俺を怖がらなかった。おまえは、ずっと……俺のことを、ありのままを、見てくれていた」

ぽた……ぽた……と彼の目から涙が零《こぼ》れ落ちる。

「おまえは愛される努力、何一つしてないって言ったな。俺に何もしてないって……？　冗談だろ。フェリ……おまえが、俺の、クソみたいな人生に、光をくれたんだ」

アルセイフ様は、ボロボロになった状態で言う。

その言葉には、嘘も偽《いつわ》りもなく……。

ただ真っ直ぐに、私の胸に届く。

「おまえが来てから、部下とコミュニケーションが取れるようなった。長きに渡る神獣との因縁《いんねん》を断ち切ることができた。……なあ、フェリ。おまえは何もしてなくなんかないよ。こんなにたくさん、俺に……無償の愛情を注いでくれたじゃないか」

自在王に絡《から》みつかれて、身動き一つできないはずなのに、アルセイフ様は立ち上がる。

「フェリ……俺はおまえを愛してる。おまえが！　愛を感じられないっていうなら！　何度だって言ってやる！」

一歩、また一歩と、彼が私に近づいてくる。

「ば、馬鹿な……自在王が貴様を縛って、身動きできなくしているのに!?」

地面から伸びる触手に、体をがんじがらめにされて、動けないはずだ。

でも……彼は真っ直ぐにこちらにやってくる。

「し、絞め殺せ自在王！」

ぎゅううう！　と彼の体をスライムが締め上げる。

ばき、べきっ、と骨が折れる音がする。

でも……彼が止まることはなかった。

「フェリ……いつも俺を愛してくれて、ありがとう」

ふるふる、と私は首を横に振る。

「……私、愛なんて知らない。わからない……」

「知らなくていいさ、わからなくていい。おまえが、傍《そば》にいるだけで、俺の心が温かい。この温《ぬく》もりこそ、おまえが俺にくれた……愛情だよ」

アルセイフ様が、すぐそこまでやってきた。

「なあフェリ。難しく考えなくていいんだよ。俺はおまえから愛を勝手に感じてる。与えてもらってる。おまえにその自覚があろうとなかろうと。それでいいじゃないか」

アルセイフ様が手を伸ばす。

腕の骨が折れている。痛々しい手で……結晶体越しに、私の頬に触れる。

「愛し、愛されることに理屈とか、資格なんていらないと俺は思う。ただ……おまえを愛《いと》おしく思うこの気持ちがあるなら」

彼が私に顔を近づける。

「なあ、フェリ。おまえはどうなんだ？　俺とおんなじ気持ちが、おまえの中にも、あると嬉しいな」

……ああ、駄目だ。もう、自分に嘘をつけない。

もう私は……私は……。

「わ、私も……あなたの傍にいたい」

自分の思いを、止められなかった。いろんな言葉が私の脳内で響いてる。

いまだ嫌な記憶、愛されてこなかった過去が、私を闇に沈めようとしてくる。

でも……でも！

「好きです！　アルセイフ様！　愛してます！」

「ああ、フェリ！　俺もおまえを……愛してる！」

ずっと言えなかった言葉。一度言ってしまうと、後から後から、彼への愛おしい気持ちが溢《あふ》れ返ってくる。

びき、ばき……と私たちを隔《へだ》てる邪魔者にひびが入る。

ぱきぃいいん！　という甲高《かんだか》い音と共に、結晶体が砕け散った。

「フェリ！」

「アルセイフ様……！」

私の体を彼が抱き留めてくれる。

もう、彼を拒《こば》むことはなかった。恥ずかしいって気持ちもなかった。

ただ、愛しい彼の傍にいたかった。愛してる彼が、私を愛してくれる。

それが何よりも幸せだ。

「フェリ……すまない……怖い思いをさせた」

彼に抱きしめられていると、こらえていた思いが口をついた。

「怖かった……怖かった……！　私……すごく怖かったんです！」

「魔王のクソやろうのせいで……ちくしょうめ」

「そっちではありません！」

え、と目を丸くするアルセイフ様。ああもう、なんでわかってくれないんだろう。

「あなたに愛されてないかもって、ずっとずっと！　ここ最近、ずっと！　不安で、怖くて、どうしようもなかったんです！」

……わかってる。これは八つ当たりだ。

照れてしまって彼を遠ざけていたのは私。

彼は何も悪くない。そうわかっていても……。

「私を不安にさせないで！　愛してるならずっと言って！」

「今までも、うるさがられるくらい好き好き言ってきたような……」

「愛してるって言って！」

「わ、わかった。すまない……フェリ……」

「謝るのとかいいから！」

「あ、ああ……。フェリ……愛してるよ」

アルセイフ様がぎゅっと抱きしめてくれる。ああ、好き。大好き。体が溶けてなくなってしまいそうになる。

彼の体にずっと抱かれていたい。彼に傍にいてほしい。

片時も離れず、そこにいて、私を愛で包んでいてほしい。

……なんともわがままな女になってしまった。

と冷静な、もう一人の私が言うが、知るものか。私は彼を愛してるんだ。

「さぁ、フェリ。帰ろう」

「何を言ってるのだアルセイフぅううううう！」

振り返るとそこには、血走った目の魔王がいた。

「その女はワタシのものだ！　誰にも譲らん！」

「……ふう」

アルセイフ様が微笑む。

「フェリ。少し待っててくれるか？　すぐに終わらせてくるから」

……やだった。離れたくない。

ぎゅっ、私はアルセイフ様の体に抱きつく。

彼は顔を赤くした後、ちゅっ、と額《ひたい》にキスをしてきた。

「約束しよう。すぐにやつを倒す。だから……我慢できるか？」

「…………人を子供みたいに言わないでくださいよ」

仕方ないので、私は離れてあげることにした。

彼のお願いだから聞いてあげるのだ。本当は離れたくない、ずっと傍にいたいけれども。

「ありがとう。愛してる」

「どういたしまして。私も愛してますよ、アルセイフ様」

「ぐぅ……なんて破壊力だ……！　これは死んでしまう……」

魔王がそんな彼のもとに、無数の触手を伸ばす。

「ふざけるなぁああああああ！」

だが、その全てが彼のもとに押し寄せる前に……。

ぱきぃいいいいいいん！

「なにぃ!?　触手が砕け散っただとぉ!?」

アルセイフ様の手には、恐ろしく美しい剣が握られていた。

『見たか！　神獣の剣《つるぎ》の威力を！』

動けないで転がっているコッコロちゃんが言う。

神獣の剣……？

ニュアンスからして、コッコロちゃんがアルセイフ様にあげた剣ってことだろうか。

『やっちゃえ番犬！』

「言われずとも」

アルセイフ様の体が変化する。

髪の毛が伸び、頭には犬の耳。そして腰のあたりからは犬の尻尾が生えている。

『神獣の力がアルに宿った証拠だ！　これで今君は、神の力を限定的に使える！　魔王ごときに後れを取るなよ！』

「ああ。さぁ……始めようか魔王カリアン」

神獣化したアルセイフ様が、その剣の切っ先を、魔王に向けて言う。

「俺とおまえ。どちらの愛が、より強いかの、戦いを」

●アルセイフ Side

神獣の力を宿したアルセイフ、それと相対《あいたい》するのは、自在王を支配下に置いた魔王カリアン。

アルセイフの周囲には常に超低温の冷気が、結界のように彼を包んで守っている状態。

いかに触手が万能であろうと、攻撃が届かねば意味がない。

「ならば！」

カリアンは触手を変形させ巨大な腕へと変える。そして勢いよく地面に叩きつけた。

びきびきびき、ばきぃぃいん！　という音と共に、魔力結晶でできた城の床が抜ける。

アルセイフがフェリアを抱きかかえ、避難しようとする。だが彼女の腰には自在王の触手が巻きついていた。

ぐんっ、フェリアは触手に引っ張られ、カリアンに彼女を奪われてしまう。

「そのまま落下して死ぬがいい！」

「アルセイフ様！」

足場を失いアルセイフが落下していく。しかし崩れ落ちるがれきを蹴って、アルセイフはカリアンに肉薄する。

「ぜやぁ！」

カリアンが斬撃を放とうとする。だが、カリアンはにやりと笑い触手を動かす。そして、フェリアを自分の体の前に持ってきた。

「な!?」

「ははは！　愛する女は斬れないですよぉねえ！」

攻撃を途中でやめたアルセイフの、がら空きの胴体に向かって、触手が凄《すさ》まじいスピードで押し寄せる。

意識をフェリアに向けてしまったからか、氷の結界が解けている。この結界は身を守る盾《たて》であり、敵が触れれば凍らせる強力な魔法。しかし敵以外が触れても同様の効果を示してしまう。

すなわち、アルセイフがフェリアに触れそうになったその一瞬、彼は結界を解く必要があった。

「ひゃははあ！　なめてんじゃあねえぞクソガキがぁ！」

フェリアを人質に取られているため、アルセイフは注意散漫になってしまう。カリアンからの攻撃を避け、反撃しようとしても、向こうはフェリアを盾にとる。そして隙《すき》を狙われ、アルセイフは大ダメージを受けるのだ。

「アルセイフ様……私は大丈夫です！　治癒《ちゆ》の力を使えば、たとえ怪我をしたとしても一瞬で回復できます！」

アルセイフの斬撃を受けても、瞬時に回復すれば問題ない。しかし彼はそうは思っていないようだ。

「ひゃはは！　お優しいですねえ冷酷なる氷帝はぁ！　愛する女が少しでも傷つくことを嫌がるなんてねえ！」

どが！　ばき！　とアルセイフが反撃を受けてダメージを負っていく。

「あなた……最低よ！」

「お褒《ほ》めいただき光栄ですよぉフェリアぁ……。おまえは大事な器《うつわ》だ。しかし器でしかない。壊れた器を治す方法はいくらでもある。たとえば、死霊術とかなぁ」

死者をゾンビとして復活させる術のことだ。

「ああフェリア。傷つき壊れるおまえもまた美しいだろうなぁ……」

べろぉおとカリアンがフェリアの頬をなめる。彼女は耐えた。

一方アルセイフは触手の攻撃を受けて城の最下層まで落ちる。そこへ、さらなる触手の雨が降り注ぐ。

ぶっとい触手が重力に従って落下してきて、アルセイフを押し潰《つぶ》そうとする。

氷の結界でそれらを防ごうとするも、手数で押されていく。明らかに防戦一方だ。

「さぁ！　いつまで持つかなぁアルセイフぅ。結界が解けた時が、おまえの最期《さいご》だぁ！」

びき、ぱきいん！　という音と共に、彼を包んでいた結界が消滅。

黒い触手がいくつも津波のように押し寄せ、彼を飲み込んだ。

「ひゃははあ！　ワタシの勝ちだぁアルセイフ！　フェリアはもらったぁ！」

「黙れ。フェリは俺のだ」

「なにぃ!?」

振り返るとそこには、剣を構えたアルセイフがいた。防御の姿勢を取る暇もなく、彼からの斬撃を首に受ける。

アルセイフの放った一撃によって、カリアンの首と胴体は切り離される。崩れ落ちるカリアンの胴体。腕に抱かれていたフェリアも倒れそうになる。しかしアルセイフが結界を解いて、彼女を優しく抱き留める。

「く、そ……なぜだ!? おまえは押し潰されたはずだろうが!?」

首だけになってもカリアンは生きていた。魔族は人間を凌駕《りようが》する生命力を持ち合わせているからだ。

「押し潰されたのは、デブ犬だ」

『は～い』

城の最下層部を見ると、白い巨大な毛玉がいた。

コッコロちゃんが、にやりと笑う。

『神獣をなめないでほしいね。他人に変身するなんて、お茶の子さいさいよ』

ぐにゅり、とコッコロちゃんの体が変形して、アルセイフの姿を取る。そしてすぐまた犬のフォルムへ戻った。

「貴様に落とされる際にそこのデブ犬を回収。作戦を伝えておいたのだ」

『でぶでぶうるさいよ！ ボクはスレンダードッグだよ！』

たぷたぷ、と顎《あご》の下の肉を揺らしながら、コッコロちゃんが不満げに訴えた。

「カリアン。貴様は人をなめすぎだ。その相手のことをよく見ていないから、入れ替わりに気づかなかったのだ。フェリにしてもそうだ。彼女が本当に嫌がってることくらい、見ればわかる。それなのに子を産ませるだの自分のものだのと……いい迷惑だ」

首だけとなったカリアンを見下ろしながら、アルセイフが言い放つ。

「貴様は顔がいいだけの、気持ち悪いナルシストだ」

◆

首だけとなったカリアンを、アルセイフはフェリアと共に見下ろす。

「こ、このワタシが……気持ち悪い……？　ナルシストだとぉ……？」

「どんな人間も支配できると、自分ならできると思い込んでいるところが気持ち悪い」

ふん、とアルセイフは鼻を鳴らす。

「俺がどれだけフェリ相手に空回《からまわ》っていると思ってる？　愛する人だろうと、自分の思い通りには決してできないのだ」

けれど、アルセイフは笑って言う。

「それがいいんじゃないか。自分の思い通りにならないからこそ……。気持ちが重なるその瞬間が、とても、嬉しいんだ」

「アルセイフ様……」

アルセイフの主張を聞いてフェリアが嬉しそうに微笑む。

一方、カリアンは悔しそうに歯がみする。

「人間ごときが、上位存在たる魔族に説教だとぉ……！」

それには人間に対する侮蔑《ぶべつ》の響きがあった。

アルセイフはにやりと笑う。

「ようやく、本性を露わにしたな魔王。俺は少なくとも、今のおまえの方が好感を持てるぞ。あのにやついたムカつく笑顔より、よっぽどな」

「だま……れ……黙れぇぇぇぇ！」

カリアンが口を大きく開く。口の前に魔法陣が展開された。

やばい代物《しろもの》だと悟って、アルセイフは魔法陣を破壊しようとする。

だが、かっ、と魔法陣が強く輝いた。

ごごごお……という音と共に、魔力結晶の城が揺れ動き出す。

「コロ助！　避難するぞ！」

『がってんしょうち！』

アルセイフはフェリアを抱きかかえてジャンプ。コッコロちゃんの背中に着地する。

コッコロちゃんは二人を乗せて空を駆ける。

崩れ落ちる魔王城を、アルセイフたちは見下ろす。

美しい魔力結晶は全て粉々に砕け散った。

「死んだ……のかしら？」

『いや、フェリ。まだ邪悪なる者の気配は消えてない。……来るよ！』

その時だ。

魔力結晶の破片が全て消え、そこから、漆黒の巨大な何かが、地面から這い上がってきた。

『でっかー！　なんじゃありゃー!?』

「黒い人形か……？」

「いえ……スライムです」

フェリアの言う通り、巨大な黒いスライムだ。

それが人の形を取っている。

「なんて大きさだ……」

『あんなのが暴れたら魔族国だけじゃなくて、ボクらの国までめちゃくちゃにされちゃうよ！』

スライムの巨人が体をブルブルと震わせる。

【こわしてやる！　わたしのおもいどおりにならないものは！　ぜんぶ、ぜんぶ、こわれちゃえ！　あひゃひゃひゃひゃひゃ！】

……スライムから聞こえてくるのは魔王カリアンの声。

アルセイフは、あのスライムにカリアンが取り込まれているのだと悟る。

「ぜやぁ……！」

アルセイフが神獣の剣《つるぎ》を手に、スライムに向かって斬りかかる。

巨大な腕がぼとり……と落ちる。

だが、切断された腕はすぐに再生された。

また、落ちたスライムの腕は、すぐに大きくなり、もう一体の黒い巨人を生み出した。

『うげえ！　なんだありゃ！　増えやがったよ！』

「迂闊《うかつ》に攻撃はできんな……」

斬撃を放ってもすぐに再生され、しかも攻撃するごとに、敵の数が増える。

二体の巨人が、魔族国を蹂躙《じゅうりん》していく。

アルセイフは「どうすれば……」と呟《つぶや》く。彼に打開策はなかった。

そう……彼には。

「アルセイフ様。私に一つ、案がございます」

フェリアが作戦を告げる。アルセイフは一瞬目を剥《む》くも、すぐに頷く。

「さすがはフェリだ。それでいこう」

「では……コッコロちゃん。頼みますよ」

『がってんだー！　おらいくぞ、番犬！　犬コンビの力の見せ所だ！』

「ああ、いくぞ」

たんっ！　とアルセイフはコッコロちゃんの背中を蹴って飛ぶ。

『おらおらフェリ様のお通りじゃあ！』

コッコロちゃんはぐんぐんと、上昇していく。

そして……黒い巨人二体を見下ろせる位置までやってきた。

フェリアはコッコロちゃんの背中に跨《またが》った状態で、両手を天に突き上げる。

……精霊王の力は、魔法の力。あらゆる奇跡を彼女は顕現《けんげん》させることができる。

そう……たとえその力が、冷酷なる氷帝の力だとしても。

「凍れ！」

フェリアが手から放ったのは、アルセイフが持つ氷の魔法。

しかしその規模は、アルセイフが放つそれとは桁違《けたちが》いだった。

氷の嵐が巻き起こり、黒い巨人を包み込む。

それは巨人を頭のてっぺんから足の先まで、凍らせた。

「この巨人を倒すためには、完全に、粉砕する必要がある。でもアルセイフ様の剣では切断しかできない。だから……」

『そうか！　一度凍らせるんだね！　もろくするんだ！』

フェリアが魔法で巨人を凍らせる。

そして、その間にアルセイフが準備を完了させた。

「ありがとう、フェリ」

彼の手には神獣の剣。

魔を祓《はら》う、強大な退魔の剣。

使用するためには魔力のチャージが必要だ。それも、フェリアのおかげで完了してる。

『精霊王の魔力が充填された！　いけるよ、アル！』

神獣の剣を構え、アルセイフが目を閉じ、意識を集中させる。

この剣にはコッコロちゃん、そして、愛する女の力が乗っている。

必ず当てる。

「さらばだ、魔王。俺たちの前から消え去るがいい！」

大上段に構え、アルセイフが剣を振り下ろす。

放たれるのは、力の奔流《ほんりゅう》。

それは夜の闇を払うほどの、強烈な白銀の光。

光は一直線に黒い巨人へと伸びていく。

光に飲み込まれると、巨人の体にはひびが入り、一瞬で粉々に消し飛ぶ。

【わたしは……ただ……すべてを……しはい……したかった……そうすれば……だれからも……あいされるって……】

そんな言葉を残し、魔王カリアンは消滅した。

凄まじい一撃だった。

魔族国の地面には、大きな傷跡が残されている。

だが一瞬で元に戻った。

フェリアが精霊王の力を使ったからだ。

彼女はふぅ……と安堵の息をつく。

『おつかれ、フェリ！　やっぱフェリはすげえや！』

コッコロちゃんの背中を、もふもふと、フェリアが撫でる。

「さ、コッコロちゃん。あの人のもとへ」

コッコロちゃんは頷《うなず》くと、地上へと向かう。

フェリアが来るのを今か今かと待ちわびている。アルセイフのもとへとやってきた。

「ふぇ……り……ぃぃ……」

ふらぁ……とアルセイフの体が傾く。

フェリアは慌《あわ》てて彼を受け止めようとする。

だが、力が足りないのか、そのまま押し倒されてしまった。

「あ、アルセイフ様！　大丈夫ですかっ？」

力を使い尽くしたアルセイフは、フェリアを抱きしめ、深い眠りにつく。

彼女は困ったように溜め息をついた後、彼の銀髪を撫でる。

「アルセイフ様……ありがとう」

きゅっ、とフェリアはアルセイフを優しく抱きしめる。

「愛してくれて、ありがとう」

ちゅっ、と彼の額《ひたい》にキスをする。

気絶してるはずなのに、アルセイフは嬉しそうに笑っていた。

『できる犬はクールに去るぜえ……』

もふもふ、と足音を立てながら、コッコロちゃんはその場を後にしようとする。

「あ、ちょ、ちょっと！　アルセイフ様を起こして！」

『やつが目覚めるまで、すこーし、一緒に添い寝してあげなって。ま、本番の練習みたいな？』

「ほ……！　ちょ、ちょっと何言ってるの!?」

『フェリの子孫を、未来永劫《えいごう》見守る。ふふ……なんだか守り神っぽくてかっちょいー！』

「何変なこと言ってるの!?」

『ばーい！』

コッコロちゃんは空を駆けていった。あとにはフェリアとアルセイフだけが残される。

いずれ騒ぎを聞きつけて人が来るだろう。……それまでは、アルセイフと一緒に寝るとしよう。

## ●フェリア Side

アルセイフ様が目を覚ましたのは、二日後の深夜だった。

「……ここは？」

ベッドの上で目覚めた彼を見て、私はたまらず、彼のことを抱きしめる。

隣に座っていた私に、突然抱きしめられて、彼は困惑してる。

でも、目を閉じて、抱き返してくれた。

「フェリ、おはよう」

……お医者様が大丈夫、命に別状はないと言っていた。その言葉を疑うわけではなかった。けど、彼がこうして目を覚まして、おはようって言ってくれて……私は、やっと心から安心することができた。

「な、泣くことないだろう、大げさなフェリだな」

「……馬鹿。どれだけ心配かけたって思ってるんですか！　二日ですよ二日!?」

魔族国を救った英雄を罵《ののし》るなんて、どうかしてる。でも私は怖かったのだ。もう二度と、目覚めないのではないかって……。

「二日も、一人ぼっちにして！　寂《さび》しかったんだから！」

……素直な気持ちが簡単に口から零れ落ちた。

多分もう、相手のことを他人だと思ってないからだろう。私にとってアルセイフ様は、かけがえのない、そして、愛すべき存在なのだから。

「す、すまん……いや、でもなフェリ。おまえも……」

「なんですかっ？」

「ああ、すまん……なんでもないから怒らないでくれ」

「なんでもない、じゃないですよ！　言いたいことあるなら言って！　言わない方が嫌です！」

「フェリなんか変わってないか……？」

「変わってないですよ！　これが……これが私なんです」

今まで私は、誰に対しても一歩引いた場所から、会話していた。でも、彼はもう線の内側にいる。遠慮なんてしたくないいし、されたくない。言いたいことを我慢してほしくない。

「うむ……なら、フェリ。おまえも急に俺の前からいなくなるな。寂しいではないか……」

「アルセイフ……さま。ごめんなさい……」

そうだ。私だって彼を一人にしてしまった。反省しないといけない。

「ああ、そんな落ち込まないでくれ！　もういいんだ。フェリ。おまえが今ここにいる。それだけで十分だ」

「アルセイフ様……」

「あー、っとそれとだな。二人きりだから、な。その……」

顔を赤くして、もごもごと口ごもる。ん？　ああ、そうか。

「ごめんなさい、アル」

「!? ふぇ、フェリ……お前今、『様』を抜いて俺を呼んだか!?」

「ええ。嫌……でした?」

「いやなものか！　ああフェリがついに！　俺のこと様付けで呼ぶのをやめてくれた！　ああ好き！　大好き！　うぉおおおお！　好きだぁ！」

……まったく、ほんと、おかしな人だ。そんな彼が、私も大好きである。

ほどなくして。

彼はベッドから体を起こし、私から話を聞く。

「ここはどこなんだ?」

「魔族国、魔王城の中です」

「なに?　ぶっ壊れたのではなかったのか?」

「ええ。ですが、私が直しましたので」

アルセイフ様が目を点にしていた。かわいい。

「そ、そんなことが可能なのか」

「ええ。精霊王の力が、今まで以上に自在に使えるようになったのです。その力を使えば傷を治癒《ちゆ》させるように、壊れたものも一瞬で元通りにすることができました」

「な、なんだかフェリ、おまえ……神様みたいになってないか?」

「違いますよ」

私は神様なんて、高尚な存在ではない。好きな人に好きと尋ねられず、愛してる人に、自分のことを愛しているのかと確かめることもできなかった、臆病な人間なのだ。

「魔王城内ってことは、ここは敵地ではないか!?」

「大丈夫。悪いのは、全部魔王カリアンでした。城の中に、部下の魔族たちが幽閉《ゆうへい》されてたんです。そこで話は全部聞きました」

どうやらカリアンはかなりの暴君だったようだ。彼の意見に反対するものはすべて追放。能力のある者は地下に幽閉し、下働きだけさせていた。そうやって彼は独裁政権を敷いていたらしい。

アルセイフ様（……ううん、やっぱり呼び方は直らないな。まあ、彼の前ではアルと呼ぼう。心の中では、今まで通りで）がカリアンと戦った際、魔王城は崩壊した。その結果、閉じ込められていた魔族たちは全員解放された。

かなりの数の魔族が閉じ込められていた。彼らは私に、魔王の暴走を止められなかったこと、そして、他国の人間である私たちに迷惑をかけてしまったことを詫びた。

私は、それを許した。悪いのは全部カリアンだったから。

「魔族は敵ではなかった……。む？　瘴気《しようき》については？」

「あれもカリアンが発生させておりました。どうやら発生装置を自分で作り、国難を演出することで、自国民の支配を強固にし、そして他国からの援助を得るための狂言だったそうです」

「人でなしだなほんと！」

「ええ、本当に。それと王国や周辺国家に魔物を発生させるよう、手配していたのもカリアンでした」

「あれも魔王の仕業《しわざ》だったのか！　クソが……！」

……まあ、魔物の発生については、カリアンの単独犯ではなかったけども。それは、今は黙っておこう。

「魔族の皆さんに手伝ってもらい、壊れた転移儀式用の祭壇を直してもらってます。また、封鎖されていた国境も解放してもらいました。それと、ハイア殿下にはフクロウ便を送り、事の顛末について報告済みです」

私があらましを伝え終えると、彼は苦笑しながら言う。

「やっぱりフェリは凄いな。俺がいなくても、どんなこともてきぱき処理してしまう」

……は！　か、可愛げがなかっただろうか。出しゃばりすぎてしまっただろうか。

「や、やっぱり頼ってほしいですか……？」

すると彼が笑顔で、首を左右に振ると、私を抱きしめてくれる。

「仕事ができるおまえが、大好きだよ」

「アル……」

ああ、ダメだ。あんまり長く抱きしめないでほしい。……そんなことされたら、私。私もう……。

「……んっ」

自分を止めることができなかった。私は、アルセイフ様の唇に、自《みずか》らの唇を重ねる。

もうずっと我慢していたのだ。彼へのキスを。この二日間、ずっとずっと我慢していたのだ。

キスをしてると幸せな気分になる。彼に触れている部分から、体が溶けてしまいそうだ。

やがて、私は唇を離す。

「すみません、ハシタナイことを……んんぅ!?」

アルセイフ様は私に抱き着いて、そして熱烈なキスのお返しをしてきたのだ。

「あ、あの……んんぅ！　ちょっ、んちゅ……」

「ああ、フェリ！　フェリ！　なんてかわいいんだ！　フェリぃ！」

彼は歯止めが効かなくなったのか、私にキスの嵐を降らせる。私は酸欠気味になったのか、頭がぽーっとしてきた。まあもういい。

私もまた彼と同様に、我を忘れたかのように、彼を求める。お互いがお互いを、無我夢中で求め合う。もう照れなどなかった。そんなのどうだってよかった。ただ彼が欲しかった。彼に抱きしめてほしかった。

「んちゅ、アル……好き……」

「ああ……フェリ……大好きだ……」

……こうして、私たちは、初めて肌を重ねた。ロマンチックとはほど遠い、お互いむさぼるような、そんな初夜だった。けど、私にとってはとても大切な一夜になったのだった。

# エピローグ

魔族国での事件から、幾日か経過したある日のこと。

私はハイア殿下とともに、王城の地下牢へとやってきた。石造りの牢屋の中には、魔王カリアンの弟、ヴァン様が中にいた。大人しくベッドに腰を下ろしてる。

「ヴァン様、お久しぶりです」

「フェリア……おねえちゃん」

久しぶりに会う彼は、すっかり憔悴《しょうすい》しきっていた。

ヴァン様は私の顔を見て、全てを観念したような表情になった。

「ヴァン君。今日は君に罪状を言い渡しに来たよ。魔族国との話し合いが終わってね」

ハイア殿下がヴァン様に向かって告げる。彼は、力なく頷《うなず》いて、殿下の言葉に耳を傾ける。

「ヴァン君、君には、召喚獣を使ってわが国や周辺国を襲撃した、という嫌疑がかけられている」

嫌疑、というかほぼ黒であることが確定してる。召喚術は魔法の一種だ。魔法に使われた魔力の痕跡から術者を割り出すことができる。

「死者や重傷者は出なかったものの、君がやったことは立派な犯罪行為だ。一歩間違えれば国が滅びたしね」

「……はい」

「罪を認めるんだね」

「…………はい。ぼくが、召喚獣を使って、国を襲いました。本当に申し訳ありませんでした」

ハイア殿下はヴァン様を責めることはしない。淡々と事務処理を続けていく。

「ヴァン君。魔族国の宰相《さいしょう》に代わって、私が君に判決を言い渡そう」

「…………」

ヴァン君が体を強張《こわば》らせる。私をちらっと見て、小さく「ごめんね、おねえちゃん……」と呟《つぶや》いた。自分のやったことを本当に悔いているのだろう。

「君は、王位継承権を剝奪《はくだつ》のうえ、国外追放とする。だそうだ」

「…………え?」

ぽかん、とヴァン君が口を開く。そして私が続ける。

「レイホワイト家次期当主、アルセイフ＝フォン＝レイホワイトの名において、ヴァン君、君を養子として引き取りたいという申し出をハイア殿下にしました」

「…………え?　え?　よ、養子……?　え?　ええ?」

困惑《こんわく》するヴァン様。ハイア殿下が牢屋の見張りの方に目配せする。

見張りの方はガキを開ける。私は中に入って、彼の前にしゃがみ込む。

「ヴァン様。私たちの家族になりませんか？」

「か、ぞく……そんな。ぼくは、ぼくはおねえちゃんたちに、いっぱい迷惑かけちゃった……んだ。だから……家族になるなんて、無理だよ……」

ヴァン様が涙を流す。私はハンカチを取り出して、彼の目元をぬぐう。

「大丈夫ですよ。迷惑なんてかけられても全然気にしないです。もっとも、それは家族になるなら、ですがね」

ぱちん、と私はウインクする。

「家族になら、いくら迷惑をかけられても全然気にしません。どんなことをしても、受け入れる。それが家族の愛ってものなんですから」

「う、うう、うぅぅうう……」

「どうしますか……？」

彼はぐすぐすと涙を流した後、こくんと頷いた。

「……ぼく、おねえちゃんの、かぞくに、なりたいよぉお」

私は笑って、彼のことを抱きしめる。ヴァン様……ううん、ヴァン君の頭を撫でる。

「ごめんなさい、おねえちゃん、ごめんなさぁい……！」

ヴァン君はわんわんと泣き出す。実に、子供らしくて、私はそれでいいと思った。

最初に会った時の、操り人形のような彼はもういない。

そこにいたのは、少し人より家族の愛情に飢えていただけの、普通の少年だった。

「あなたを許しますよ、ヴァン君。さ、帰りましょうか」

「はい！」

こうして、私たちに新しい家族ができたのだった。

●アルセイフSide

一方、アルセイフはというと、牢屋の外、フェリアたちから離れた場所に立っていた。

ヴァンの泣いてる声が牢屋に響く。恐らく、話は済んだのだろう。

「や、アルセイフ君」

「……気安く話しかけるな、王子」

「よいではないか。私たちは友達だろう？」

アルセイフからすれば、自分の知らないフェリアの幼い頃を知ってる、敵……だった。

そう、過去形だ。

「ハイア殿下。すまなかった。あのガキに恩赦《おんしゃ》を与えてくれてな」

ヴァンの行いは、兄に命じられてやったこととはいえ、国際問題に発展しかねないほどのものだった。現にここゲータ・ニィガの大臣たちは大層怒っており、ヴァンを厳罰に処すべきだという声も多かった。

また魔族国側からも、仇敵《カリアン》の弟を殺せという意見が多数寄せられていたという。

しかしそれらの問題を、ハイアは鮮やかに解決してみせたのだ。

「ふふ、そっちのお礼を言うんだね、レイホワイト卿《きょう》？」

そう、アルセイフの貴族としての地位は復活していた。魔族国及び周辺諸国を魔王の陰謀から救った功績をたたえ、ハイアがもう一度、彼に爵位を授けたのである。

「でもよかったのかい？　元の地位で。公爵くらいにはしてあげられたのに」

「いらん。俺が欲しいものは……もう、手に入ってるからな」

それは何かという野暮《やぼ》な質問を、ハイアはしなかった。

冷酷なる氷帝《ひょうてい》に、こんな幸せそうな表情をさせる人間なんて、一人しかいないのだ。

「妬《や》けるな」

「なに？」

「いや、なんでもないさ」

ともあれ、アルセイフはこれで貴族に復帰。

フェリアは精霊王の力を完全に自分のものにした。

また、魔王に利用され、破滅の道に向かう運命だった王弟ヴァンを、養子にすることで解決。

「全て丸く収まった……とは言いがたいがね」

「？　どこがだ」

「リアと君が、ちょっと注目されすぎてしまった。さすがに……魔族国で暴走した魔王を、たった二人で討伐したこと。そして、崩壊寸前の魔族国を瞬《また》く間に再建したのは……目立ちすぎたね」

さしものハイアでも、情報統制できるレベルを遥《はる》かに超えていた。

「このことは我が国だけでなく、国外にも広がるだろう。今以上に、リアを欲《ほっ》する者が増える。……それでも君はリアを守ると誓えるかい？」

アルセイフはフンッ、と小馬鹿にするように鼻を鳴らす。

「貴様に誓わずとも、とっくに俺の覚悟は決まってる。何が起きようと、誰が相手だろうと、俺は俺の大事な女を守るさ」

アルセイフの決意を聞いて、ハイアは実に嬉しそうに笑った。

そして自分の腕をアルセイフの首の後ろに回してくる。

「では、私たちはこれから親友ということで」

「意味不明だ。ひっつくな」

「いいではないか。リアを介した友達……そうだな、リア友じゃあないか、我々は」

「よくない！　フェリを気安く愛称で呼ぶな！　いいか貴様！　俺のフェリに手を出すなよ！　少しでも触れたらぶち殺すからな!?」

「王子になんて口を利《き》くんだい。君じゃなかったら不敬罪で捕まってるところだよ。感謝してほしいな」

「うるさい！　俺は帰る」

アルセイフはハイアのもとから離れる。

フェリアがヴァンと手を繋いで、待っていてくれた。

……フェリアの笑顔を見るだけで、イライラが一瞬で消し飛ぶ。

フェリアに近づいて……そして、キスをした。

「も、もう……なんで急にキスするんですかっ。人前なのにっ」

顔を真っ赤にして叱《しか》りつけるフェリア。だが、そこには嫌がってる様子はまるでなかった。なぜなら、ふにゃふにゃと口元を緩《ゆる》ませているからだ。

「いいではないか。スキンシップだ。軽い」

「キスは軽くないです！　もう……子供が見てるのに……」

「む？　そうだったな」

アルセイフとヴァンの目が合う。

ヴァンは畏縮《いしゅく》していた。仕方ない、兄の命令だったとはいえ、殺そうとした相手なのだから。

「あ、あの……あのときは……その……」

ヴァンが、暗殺しようとした時のことを、謝ろうとする。

だが冷酷なる氷帝に睨《にら》まれて、ヴァンは完全に硬直してしまった。

はあ……とアルセイフは溜め息をつく。

こつん、とヴァンの頭を、軽くこづく。

「これでチャラにしてやる」

今までのアルセイフなら、命を狙ってくるような者がいたなら、容赦《ようしゃ》なく切り捨ててきた。

だが、アルセイフはフェリアと出会い、知ったのだ。

人には人の事情があると。

ヴァンは兄に強《し》いられ、やりたくもない暗殺の任務をさせられていた。

その事情を知ったアルセイフは、彼を許すことにしたのだ。

「少し、成長しましたね、アル？」

フェリアは人前だというのに、アルセイフに対して、愛称で呼んでくる。

もう恥ずかしさはないようだ。

「偉いか!?　なあフェリ、偉いか!?」

ふがふが鼻息を荒くしながら、フェリアに尋《たず》ねる。

成長したことへのご褒美《ほうび》がほしくてたまらなかったのだ。

フェリアは苦笑しながらも、アルセイフの銀髪を撫でる。

「はいはい、偉い偉い」

「うおぉお！　うれしいぞぉ！」

すっかりご機嫌になったアルセイフは、片手をヴァンに伸ばす。

「帰るぞ、ヴァン」

「アルセイフ……おにいちゃん」

「養子として引き取ったから、おまえの父親なんだが……まあいい」

フェリアを母と呼ばれるくらいならいいと思った。

この歳で母と周りから認識されるのはかわいそうだ。

「ありがとう。優しくて素敵です、アル」

「フェリ……！」

アルセイフの心の動きを、フェリアが察したのか。それとも、単にヴァンを受け入れたことに感謝しているのか、それはわからない。

でもいいのだ。

愛する女に素敵だと言われたことが嬉しい。それだけでいい。

「愛してるぞ、フェリ」

「もう……何回言うんですか」

と言いつつも、まんざらでもない様子のフェリアに、アルセイフがキスをする。

二人は笑って、そして歩きだす。

その背中に向かって、ハイアが小さく呟く。

「おめでとう、リア。彼と幸せになるんだぞ」

その言葉がフェリアに届くことはない。しかしそれでも、ハイアは満足そうな表情で、愛する女の幸せな背中を見送ったのだった。

●フェリアSide

ヴァン君を連れて、レイホワイト邸へと到着した。

『フェーリーーーーーーーーーー！』

巨大なデブ犬……もとい、白い犬が飛びついてくる。

アルセイフ様がコッコロちゃんを正面から受け止めた。

「デブ犬が。そのデカい巨体で突っ込んできたら、フェリが怪我をするってわからないのか？」

『デブじゃないもん！　ちょっとお腹に脂肪がついてるだけだもん！』

……ちょっとの割には、だいぶお腹周りと首の下あたりが、たぷたぷしていた。

まあ、彼が受け止めてくれて助かった。

ほんと……頼りになる、素敵な人だな。

「なぜ貴様がここにいる？　貴様の封印は解除された。どこへ行こうと自由なはずだぞ」

『うん。だから、ボクはここに残ることにしたんだ』

いつも笑顔のコッコロちゃんが、さらにニコッと笑って言う。

『ボクはフェリの、そしてフェリが生む子供たちの未来を、ずっと傍《そば》で見守るんだっ』

自由になって、どこにでも行けるというのに、私の傍にいてくれる。

それが……嬉しかった。だって私、この子のことも大好きだから。

「ありがとう、これからもよろしくねコッコロちゃん」

「ちっ……仕方ないから屋敷に置いてやるか。だが仕事はしてもらうぞ。番犬がいいかな」

ふんっ、とコッコロちゃんがそっぽ向く。

『ボク、犬じゃないしぃ、神獣だしぃい。そんな番犬なんてできませーん』

「出ていけ！　ただ飯食らいのデブ馬鹿犬め」

『あー！　ひっどーい！　フェリー、こいつこそ追い出そうよ！　誰彼構わず噛みつくイカれた犬だもん！』

ふふ、犬二匹が仲良く戯《じゃ》れてる。

「はいはい。ケンカはそれくらいに。せっかく今日はお祝いするんですから」

『お祝い……？　ああ！　フェリ初えっち記ね……ぎゃんっ！』

アルセイフ様が強めに、コッコロちゃんの頭をぶん殴っていた。

この子……どうして私が、アルセイフ様と同衾《どうきん》したこと知ってるんだろう……。

匂いでわかったとか？　き、気持ち悪い……。

「無礼だぞ貴様」

「コッコロちゃん、今日はご飯抜き」

『うええーん！　そんなぁ！』

「お座り！」

『きゃん！』

コッコロちゃんをほっといて、私はヴァン君を連れて屋敷に入る。

ニコとニーナ様、そしてシャーニッド様が待っていた。

みんな笑顔で、私たちを迎え入れてくれる。

「「おかえりなさい！」」

……かつての私に帰る家はなかった。

でもアルセイフ様の婚約者になって、ここが……帰る場所になった。

私たちは笑って、出迎えてくれた私たちの家族に言う。

「「ただいま！」」

# あとがき

お久しぶりです、作者の茨木野《いばらきの》です。「冷酷なる氷帝の、妻でございます」第二巻をお手にとってくださり、まことにありがとうございます！　一巻から一年くらい開いてしまいましたが、こうして続きを書くことができて、嬉しい限りです。

これも手に取ってくださった読者の皆様のおかげです！　ありがとうございます！

第二巻の内容について少し説明します。

聖なる力を手に入れた主人公のフェリア。しかしその力をまだ自分のものにできないでいた。

力の使い方を習うことになるが、その先生はなんと、隣国のイケメン魔王だった。

魔王に大事なフェリアを取られてしまうのではないかと気が気でないアルセイフ。

一方魔王はフェリアの持つ聖なる力に興味を示し、彼女を手に入れようと画策《かくさく》する。

果たしてフェリアは聖なる力をコントロールできるようになるのか。また、アルセイフは魔王の魔の手から、フェリアを守ることができるのだろうか……。

そんな感じのストーリーとなっております。

尺が余ったので、雑談でも。このあとがきを書いてるのは二〇二三年の年末です。

今年はリアルも小説も全然上手《うま》くいきませんでした。好きな人が結婚したり、好きになった人にやんわり振られたりと。また小説も、なろうで新作を投稿しても、ポイントが入らなかったり、自信作の評判がよくなかったりと、ダメダメな一年で、小説家を引退しようと本気で思いました。

でも今も、こうして小説を性懲《しょうこ》りもなく書いてます。締め切りがあるから、仕事だから、という理由はもちろんあるんですが。どれだけ嫌なことが続いても、僕は毎日、小説を書いてました。なんで小説をやめなかったのかというと、やっぱり、小説のことを愛してるからだと思います。

愛があれば、どんな辛《つら》いことでも耐えられる。前に進める。辛いことに押しつぶされそうになったからこそ、愛があるから頑張れてるという事実に気づけた……そんな一年でした。来年も小説頑張ります。

以下謝辞です。イラスト担当の「すがはら竜《りゅう》」様。一巻に引き続き、素晴らしいイラスト、ありがとうございます！　カリアンとても良かったです。イメージ通りでした。

担当編集のＧ様。二巻にＧＯサイン出してくださったこと、感謝しております。

その他、本作りに携《たずさ》わってくださった皆様、そして何より、二巻も買ってくださった読者の皆様に、深く御礼申し上げます。

それでは、紙幅《しふく》もつきましたので、この辺で失礼いたします。

二〇二三年一二月某日　茨木野

# ダッシュエックスノベルfの既刊

Dash X Novel F 's Previous Publication

## 『未来で冷遇妃になるはずなのに、なんだか様子がおかしいのですが…』

狭山ひびき

イラスト／珠梨やすゆき

**すれ違い×じれじれの極甘ラブストーリー！**

家族から疎まれて育ったグリドール国の第二王女ローズは、ある日夢を見た。豪華客船プリンセス・レア号への乗船。そして姉のレアの失踪をきっかけとして、自分が姉の身代わりとしてマルタン大国の王太子ラファエルに婚約者として差し出され、冷遇妃になる夢だ。数日後、ローズは父の命令で仕方なく豪華客船プリンセス・レア号に乗る。夢で見た展開と同じことにおびえるローズ。だが、姉の失踪を告げたラファエルは夢とは異なり、ローズを溺愛し始める。その優しさにローズもラファエルと離れたくないと思い始め——!?

## ダッシュエックスノベルfの既刊

Dash X Novel F 's Previous Publication

# 『時計台の大聖女は婚約破棄に歓喜する 1』

糸加

イラスト／御子柴リョウ

**卒業パーティで王太子デレックから、突然婚約破棄を告げられたヴェロニカは、心の底から歓喜した。**

「ヴェロニカ・ハーニッシュ！私はお前との婚約を破棄し、フローラ・ハスとの新たな婚約を宣言する！」「いいのね!?」「え？」「本当にいいのね！」

デレックは知らなかったのだ。ヴェロニカが本当の大聖女であること、フローラが大聖女を詐称していること。そして、自らの資質が試されていたことを。明かされる真実。幼馴染の第二王子から告げられる恋心。「ヴェロニカ、僕と婚約してくれませんか？」

大時計台を司る大聖女が崇められる世界の恋物語。運命の新たな歯車が回り出す——！

# ダッシュエックスノベルfの既刊
Dash X Novel F 's Previous Publication

『後宮の獣使い
～獣をモフモフしたいだけなので、皇太子の溺愛は困ります～』

犬見式

イラスト／羽公

**獣を愛する少女・羽《ユウ》が後宮のトラブルを解決!!
天才獣使いのモフモフ中華ファンタジー!!**

人間と獣が共存する宮廷「四聖城」。そこには四つの後宮があり、様々な獣を飼育していた。深い森の奥で、獣とともに人目を避けて暮らすヨト族の少女・羽《ユウ》は、病に倒れた祖母の薬を買うために、雨が降りしきる中、森を抜けて「四聖城」の城下町を訪れる。

しかし、盗っ人と疑われた羽は役人に連れていかれ、身分を明かせないことから、最底辺職である「獣吏」にされてしまう。過酷な環境で、獣の世話をする奴隷のような生活になるはずが、獣が大好きな羽にとっては最高の毎日で…!?

後宮に起こる問題を豊富な獣の知識で解決し、周囲を驚かせていたある日、羽は誰もが恐れる「神獣」の世話をしたことで、なぜか眉目秀麗な皇太子・鏡水《ジンシュイ》様に好かれてしまい…!?

# ダッシュエックスノベルｆの既刊

Dash X Novel F 's Previous Publication

『妄想好き転生令嬢と、他人の心が読める攻略対象者
～ただの幼馴染のはずが、溺愛ルートに突入しちゃいました!?～』

三日月さんかく

イラスト／宛

**エッチな妄想もつつ抜け!?**
**〈妄想お嬢様×エスパー美少年〉の笑撃ラブコメスタート!**

恋愛経験はゼロ。だけど人一倍えっちな事に興味津々だった私は高校卒業を機に、夢だった18禁乙女ゲームを手に入れる寸前で事故に遭い……。気がつけば超ド健全な乙女ゲーム『レモンキッスをあなたに』の世界に転生していた!?　ゲームの世界ではモブキャラである、ジルベスト子爵家の次女・ノンノとして生きる私だけど、前世の記憶はそのまま。つまり幼女の頃から煩悩だらけ。そんな私の目の前に、「君は、な、何を考えてるんだ!?」――顔を真っ赤にした美少年・アンタレスが現れた。彼はこの世界の攻略対象者であり、そして事もあろうに他人の心が読めてしまうのだった……。ゲームのヒロインである超美少女・スピカとの恋ルートもあるアンタレスだけど――。

Dノベルf

# 冷酷なる氷帝の、妻でございます2
## ～義妹に婚約者を押し付けられたけど、意外と可愛い彼に溺愛され幸せに暮らしてる～

茨木野

2024年3月10日　第1刷発行

★定価はカバーに表示してあります

発行者　瓶子吉久
発行所　株式会社　集英社
〒101－8050　東京都千代田区一ツ橋2－5－10
03(3230)6229(編集)
03(3230)6393(販売／書店専用)　03(3230)6080(読者係)
印刷所　TOPPAN株式会社
編集協力　後藤陶子



ISBN978-4-08-632022-1　C0093


作品のご感想、ファンレターをお待ちしております。

あて先

〒101－8050　東京都千代田区一ツ橋2－5－10
集英社ダッシュエックスノベルf編集部　気付
茨木野先生／すがはら竜先生